Articles de brosserie

60 ans d'études de langue et de littérature françaises

敝帚集

法国语言文学研究六十年

梁守锵 著

SPM 南方出版传媒 花城出版社

中国·广州

图书在版编目（CIP）数据

敝帚集：法国语言文学研究六十年 / 梁守锵著. -- 广州：花城出版社，2021.1
ISBN 978-7-5360-9224-2

Ⅰ.①敝… Ⅱ.①梁… Ⅲ.①法语－文学研究－世界 Ⅳ.①I106

中国版本图书馆CIP数据核字(2021)第005727号

出 版 人：肖延兵
责任编辑：黎　萍　夏显夫
技术编辑：凌春梅
封面设计：张绮华

书　　名	敝帚集 BI ZHOU JI	
出版发行	花城出版社 （广州市环市东路水荫路11号）	
经　　销	全国新华书店	
印　　刷	佛山市浩文彩色印刷有限公司 （广东省佛山市南海区狮山科技工业园A区）	
开　　本	880毫米×1230毫米　32开	
印　　张	5.25　1插页	
字　　数	120,000字	
版　　次	2021年1月第1版　2021年1月第1次印刷	
定　　价	45.00元	

如发现印装质量问题，请直接与印刷厂联系调换。
购书热线：020-37604658　37602954
花城出版社网站：http://www.fcph.com.cn

出版前言

笔者致力于法国语言文学教学研究凡六十载,虽历经风雨,但传播法国语言文学之初衷不改,且笔耕不辍;穷二十年时间收集、整理、研究大量中、法文资料,于1990年编撰出版《法语搭配词典》;并于教学之暇翻译《风俗论》《路易十四时代》《波斯人信札》《品格论》《昆虫记》等世界名著,被中国翻译协会授予"资深翻译家"荣誉称号。

笔者将历年发表于法国学术刊物 Cahiers de Lexicologie、国内出版社和大学学报的文章19篇,汇成此文集,内容包括:

1. 对法国著名作家拉布吕耶尔、孟德斯鸠、伏尔泰、莫泊桑、雨果、司汤达、瑟加兰等人及其著作的评介和粗浅的跨文化研究;

2. 作者几十年翻译法国社科学术名著的心得;

3. 作者对法语词汇学中搭配词组研究成果的总结。

学习外语就是学习某一特定国家的语言和文学,这两者均是各国文化的主要载体,而翻译是在不同文化的人们之间建立沟通,促进了解,就是学习外语所追求的目的。从这个意义来说,《敝帚集——法国语言文学研究六十年》所探讨的内容——语言、文学和翻译,正是外语学习的三个方面,而贯穿这三个方面的是一个"实"字。

就学习法语来说,"实"就是实在,即实实在在地学习并掌握法语词与词（动—名、名—形）之间根据独特的搭配关系而组成的词组。这种搭配词组（collocations）最具法语特色，用它所造成的句子是地道的法语，《法语搭配词典》便是这样一部协助写作的工具书。

就学习外国文学来说，"实"就是求实，即根据具体的时代、特定的历史条件来评价作家与作品，不溢美亦不苛求，不拔高亦不贬低。

就从事国外社科学术著作、文学作品的翻译来说，"实"就是真实，即力求准确地把握原文的含义，确切表达出人物真实的思想感情，揭示事件的真实关系，展现历史的真实进程。

《敝帚集——法国语言文学研究六十年》显然取自"敝帚自珍"之意，这既是笔者自谦，也是自诩，自谦出于自知，自诩出于自豪。遥想当年作为解放军小战士，是党让我作为调干生报改南京大学攻读法语，从事法国语言文学教学研究，其间风风雨雨直至改革开放，从此国逢盛世，繁荣昌盛，人逢盛世，意气风发，1994年退休，但一些著译均出于改革开放的30年间，因此，如果笔者的学术成果对青年学子有所裨益，我们都应感激党的改革开放政策。

总之，希望《敝帚集》的面世，能使读者了解到笔者对待学习外国语言、文学和从事翻译工作这三者的态度，则俾有所悟，以为善。

梁守锵于中山大学康乐园
2020年4月12日

目录

简论法国启蒙运动思想家心目中的中国 　　*001*

伏尔泰笔下的中国 　　*013*

伏尔泰《风俗论》译者前言 　　*027*

孟德斯鸠《波斯人信札》译者前言 　　*030*

乔治·桑《威尼斯女歌手》译者前言 　　*033*

瑟加兰的《碑林集》与中国文化 　　*037*

流传到法国的中国谚语、警句和格言 　　*052*

于无声处听惊雷——拉布吕耶尔《品格论》译者序 　　*061*

遗世独立，写出世间百态——拉布吕耶尔《品格论》译后感 　　*067*

也谈"红"与"黑" 　　*070*

万里写入胸怀间 　　*080*

正义的文豪与执着的学者——程曾厚《雨果和圆明园》读后 　　*082*

关于《法语搭配词典》的编纂 　　*086*

词汇价的理论 　　*105*

如何辨析法语同义词 　　*111*

i

力求准确，兼顾文采——关于社会科学翻译　　*119*

浅谈翻译的准确性问题　　*129*

漫谈翻译的学问　　*139*

美文精译传世作——雨果《致巴特勒上尉的信》译文商榷　　*150*

简论法国启蒙运动思想家心目中的中国

18世纪欧洲启蒙运动是继文艺复兴运动之后的又一次声势浩大的全欧性反封建的思想运动，但比文艺复兴运动更深入、更激烈，它深刻地批判了封建的社会制度以及维护这一制度的意识形态和上层建筑，以唤醒人们认识这一制度的不合理性，从而为资产阶级革命开辟道路。法国启蒙运动思想家伏尔泰、孟德斯鸠、卢梭在为行将到来的资产阶级革命作舆论准备的过程中，都以极大的兴趣谈到中国，把对中国的研究作为投向法国封建制度的标枪。本文拟就他们对中国的政治制度和伦理道德的看法作简单的介绍，加以比较和评述，并探讨他们在与封建制度作斗争的过程中，不约而同地抱着强烈的兴趣来谈论中国的原因。

一

在法国启蒙运动思想家中，伏尔泰是中国的最热烈的赞赏者。他热情称赞中国悠久的历史、灿烂的文明、科学技艺、政治制度、伦理道德、宗教政策。拙文《伏尔泰笔下的中国》（载《中山大学学报》1984年第2期）对此已作详细的介绍，这里只概述他对中国政治制度的基本观点。

伏尔泰主张君主立宪。虽然他不像孟德斯鸠、卢梭那样有明确的政治纲领，但我们从他的作品中可以看出，他希望建立一个在开明君主领导下，政治贤明、法律完善、道德高尚的国家，而他认为中国，尤其是康熙及雍正时代的政治制度具备了这些条件。他的看法概括起来有如下几点：

1. 中国的皇帝是开明的。他说康熙"圣怀宽阔"，是"以善良仁慈、行高德美而驰名遐迩的君主"①，雍正"爱法律，重公益，超过父王"②，是"世上最公正、最有教养、最贤明的君主"③。

2. 中国严格奉行法律。伏尔泰多次谈到"他们最负盛名、最文明、最完善的东西，就是道德和法律"④。康熙"虽为专制君主，又是征服中国的那个皇帝的嫡孙"，但处理国家大事却能"遵照帝国法律行事"⑤，而"雍正降旨：帝国各地处理重罪案件，未呈皇上亲览（甚至需要呈上三次），不得对人犯处以极刑"。他认为颁布这敕令的理由有二："其一为：不得视人命为草芥。其二为：君主对百姓须爱民如子。"⑥因此他盛赞道："除了中国的法庭之外，几乎在任何地方，法律、宗教、风俗都是极度的荒唐，加上一丝半点的明智。"（《论各民族的精神与风俗》，下简称《风俗论》）。

3. 中国的法律是以"最纯洁的"道德为基础的。这道德主要

---

①② 伏尔泰著，吴模信、沈怀洁、梁守锵译：《路易十四时代》，商务印书馆1982年版，第596、600页。

③ *Voltaire Romans et contes philosophiques*, Editions da Progres, 1964, Moseou, p.316.

④ *Essai sur les moeurs et l'esprit des nations*, in Oeuvres Complètes de Voltaire, Tome deuxieme, Edition en Journal de siecle, Paris, p.52.

⑤⑥ 《路易十四时代》，第596、601、597页。

表现为"后辈对长辈的尊敬",而这是人类"最合乎自然又最神圣的法则"①。

4. 中国通过科举和根据个人品德才干遴选官员。伏尔泰在《风俗论·导论》的"中国"一章中说,在中国,如果一个人有德行,地方官必须逐级报告,直至上报朝廷,否则将受到处分,并举一个农民拾金不昧被赏赐官职的例子作为证明。在《路易十四时代》中,他说:"各省农民被所在州、县长官评选为最勤劳、能干、孝悌者,甚至可封为八品官。"②

5. 中国政府重视农耕,实行有预见的经济政策。他说:"帝王中无人比他（指雍正——引者）更不遗余力地鼓励农事。他对这一于国计民生不可缺少的百艺之首极为重视",而且为了备荒,"下令各省修建贮粮大仓。粮务管理需量入为出,既不得增加百姓负担,又应永防荒欠饥馑"。③

总之,伏尔泰对中国的政治制度是赞扬备至的。伏尔泰心目中的中国,可以一言以蔽之,那就是,一个开明的君主,佐以通过考试或由于德行而选拔出来的官吏,奉行完善的法律,并以纯洁的道德团结全体人民。所以伏尔泰写道:"人的头脑肯定想象不出一种比这更好的政府了。"④因此中国的政治制度正是伏尔泰理想的制度。

孟德斯鸠也主张君主立宪。他理想的制度是:由君主一人指挥,以品德为原则,由贵族在议会中起主导作用,实行三权分立的君主政体。孟德斯鸠把政体分为共和、君主和专制三种。"共和政体是全体人民或仅仅一部分人民拥有最高权力的政体;君主政体是

---

①②③ 《路易十四时代》,第596、601、597页。
④ Essai sur les moeurs, Chapitre CXCV.

由单独一人执政,不过遵照固定的和确定了的法律;专制政体是既无法律又无规章,由一个人按一己的意志与反复无常的性情领导一切。"①(顺便说一句,有的人在介绍孟德斯鸠的三种政体学说时断言:"'一部分人民握有最高权力时,就是贵族政治'即君主政体。"②这可能是对孟德斯鸠原意的误解。孟德斯鸠在对三种政体下了前面所引的定义之后进一步指出:"共和国的全体人民握有最高权力时,就是民主政治;共和国的一部分人民握有最高权力时,就是贵族政治。"可见贵族政治并非君主政体,而是共和政体的一种形式。不同的政体有不同的"原则"。共和政体的原则是品德,君主政体的原则是荣誉,专制政体的原则是恐怖。孟德斯鸠主张君主政体,不赞成共和,更反对专制,而在他心目中,中国是专制政体的典型,因此他对中国的政治制度持批判的态度,在这一点上,他的观点与伏尔泰截然相反。

孟德斯鸠对中国专制政体的批判集中在制度、法律和道德三个方面。

孟德斯鸠所主张的君主政体是建立在议会制和三权分立制之上的。他认为这种政体比共和政体有一个显著的优点:"事务由一人指挥,执行起来较为迅速。"③另一方面由于贵族这个介于平民和君主之间的中间体在议会中起主导作用,保证了议会对君主的制约,可以避免专制政体的独裁和暴虐。然而中国既无议会,又无三权分

---

① 孟德斯鸠著,张雁深译:《论法的精神》,商务印书馆1961年版,第8页。
② 柳鸣九等著:《法国文学史》(上),人民文学出版社1979年版,第330页。
③ 《论法的精神》,第56页。

立的制度，一切都根据皇帝一己的意志和反复无常的性情行事，皇帝对臣民可以为所欲为，实行残暴的专制统治，"任何事情都可拿来作借口去剥夺任何人的生命，去灭绝任何家族"①。伏尔泰美化中国的"圣君明主"，把他们说成似乎是"爱民如子"，而孟德斯鸠则一再指出中国皇帝的残暴和刑罚的酷烈。同时根据他的三种政体三种原则的理论，他认为严峻的刑罚比较适宜于以恐怖为原则的专制政体，因此他反复强调中国必须靠棍棒、暴力、刑罚来治理人民。

伏尔泰承认中国皇帝是专制的，但他认为中国政府靠着法律和官员的力量，可以对皇帝实行制约。他说："在这个政府里，一切都由一层层的大法庭所决定，而只有经过若干次严格考试的人才能被录用充当法庭的成员。因此在这样的政府里，皇帝就不可能为所欲为地行使权力。"②然而孟德斯鸠则认为中国没有法律，尤其是没有可以约束帝王的基本法律，因为"专制的国家没有任何基本法律，也就没有法律的保卫机构"③，因此也就"绝无所谓调节、限制、和解、条件、等值、商谈、谏议这些东西"④，它只是靠着恐怖使臣民成为屈服于君主意志的生物而已。当然，孟德斯鸠对中国的某些具体措施、"典章制度"，如皇帝每年举行一次亲耕仪式以鼓励人民从事耕作、对最优秀的农民授予八品官、科举取士、设立谏官等等，还是持肯定态度的，称赞这是"中国良好的风俗"⑤，认为"中国政府可能还没有达到它应有的腐败程度"。但他认为这是"特殊的情况，或者绝无仅有的情况"⑥，因为中国的气候异样地适

---

①③④　《论法的精神》，第195、17、27页。
②　Essai sur les moeurs，Chapitre CXCV.
⑤⑥　《论法的精神》，第233、125页。

宜于人口的繁殖,所以政府必须极大地注意让人民辛勤劳动,使土地的生产足以维持人民的生活;另外,中国人口众多,人民生活贫困,如施政过于暴戾,人民便会起来造反,因此帝王不得不采取一些缓和暴政的措施,而上述的"典章制度"便是由此产生的。然而孟德斯鸠根据他对专制政体所下的定义,认为这些典章制度是无法与专制主义并行的,更不能改变专制政体的性质,因为"任何东西和专制主义联系起来,便失掉了自己的力量。中国的专制主义,在祸患无穷的压力之中,虽然愿意给自己戴上锁链,但都徒劳无益,它用自己的锁链武装了自己,而变得更为残暴"[①]。

对于中国的道德,孟德斯鸠同样持否定的态度。他说:"我们的传教士告诉我们,那个幅员广漠的中华帝国的政体是可称赞的,它的政体的原则是畏惧、荣誉和品德兼而有之。那么我所建立的那三种政体的原则的区别便毫无意义了。"[②]为了论证他的理论,孟德斯鸠除了指出中国没有法律之外,又根据杜赫德关于统治中国的就是棍子的叙述[③],认为既然在中国"只有使用棍棒才能使人民做些事情",那就没有什么荣誉可言。孟德斯鸠还以不少篇幅否定中国的道德、品德。关于中国的孝道的表现和作用,他和伏尔泰的认识基本相同。伏尔泰说:"孝道是中国政府的统治基础……中国的文职大官被视为城市和省的父母官,而国王则是帝国的君父。这种思想在人们心目中根深蒂固,从而把这个广袤无垠的国家组成一个家庭。"[④]孟德斯鸠说:"尊敬父亲必然和尊敬一切可以视同父亲的人

---

① ② 《论法的精神》,第129、127页。
③ 杜赫德:《中华帝国全志》第2卷,第134页。
④ *Essai sur les moeurs*, p.52。

物,如老人、师父、官吏、皇帝等联系着。对父亲的尊敬,也要父亲以爱还报其子女。由此推论,老人也要以爱还报青年人,官吏要以爱还报其治下的老百姓,皇帝要以爱还报其子民。""正是因为人人都具有这种感情才构成了这一帝国的统治精神。"①但是他们两人对这一现象得出的结论不同。伏尔泰把孝道视为中国"最纯洁的"道德,而孟德斯鸠则认为中国的孝道只是立法者为使其人民服从以维持太平而制定出来的"无数礼节和仪式",中国没有品德和法律,只有风俗和礼仪,"他们的风俗代表他们的法律,而他们的礼仪代表他们的风俗"②。在中国,"敬奉亡亲的仪式和宗教关系较为密切,侍奉在世的双亲的礼节则和法律、风俗、礼仪的关系较为密切",这样,中国通过孝道把风俗、礼仪、宗教、法律(指范围很广的概念)结合了起来,这一切构成了礼教,而礼教构成了国家的统治精神。

根据以上孟德斯鸠对中国的专制政体从制度、法律和道德三方面的批判,我们可以看出孟德斯鸠的基本看法是:中国专制政体一方面靠棍棒、暴力、刑罚来治理人民,亦即刑治;一方面靠作为"帝国的统治精神"的礼教来约束人民,亦即礼治,此外再辅以某些起缓和作用的"典章制度"。刑治体现专制政体的恐怖原则,这是任何皇帝都必然采用的,而礼治运用得如何,就区别出治理的好坏来,所以孟德斯鸠说,当中国的立法者能够找到使人们严格遵守礼教的方法时,"中国便治理得很好了"③,而那些不以礼而以刑治国的君主们,就是要借刑罚去完成礼治的力量所做不到的事情。

---

①②③ 《论法的精神》,第315页。

在以礼治国，并且对刑罚采取有区别的政策这两点上，孟德斯鸠是持肯定态度的，因为他认为一个良好的立法者，关心预防犯罪，要多于惩罚犯罪，注意激励良好的风俗，要多于施用刑罚，因此他在《论法的精神》的"各种政体刑罚的轻重"这一节的附注里说："中国在这一点的情况是等于共和国或君主国。"①当然，孟德斯鸠在某些问题上所持的褒扬态度，并没有改变他对中国专制政体的基本立场和观点。

卢梭是激进的民主主义者，他把专制制度视为不平等的顶点，对此深恶痛绝。他说："专制不容许任何其他主人；一当专制发言的时候，立即就没有诚实和义务可以作为指南；极盲目的服从就是奴隶们所有的唯一美德。""臣民除了主人的意志之外，再没有别的法律。"②因此他主张"以扼杀或废除暴君为目的的起义运动，与暴君前一日任意处置其臣民的生命财产的行动同样合理"。这番话虽然不是专门针对中国而言，但深刻地表明了卢梭对专制制度的态度，这当然也完全适用于中华帝国。对于中国的道德，卢梭同样持否定的态度。在《新爱洛绮丝》这部小说中，他借圣·普乐之口以尖刻的语言讽刺中国读书人虚伪的礼教："知书识文（说得真好听！），行为卑劣，虚情假意，又会招摇撞骗。……彬彬有礼，溜须拍马，见风使舵，狡猾而又奸诈，所有的职责就在于行礼如仪，整个道德都流于矫揉造作，没有仁慈之心，只会鞠躬跪拜。"卢梭在这里无情鞭挞了"知书识文"的中国官绅士人，这是跟他一

---

① 《论法的精神》，第83页。
② 卢梭著，吴绪译：《人类不平等的起源和基础》，三联书店1967年版，第86页。

贯的思想相一致的。卢梭跟伏尔泰相反，伏尔泰高度赞扬中国的文明、科学和技艺，而卢梭则否定科学和艺术，认为统治阶级虚伪的文明的作用就在于"把花冠缀在束缚人们的枷锁之上"，它掩盖了社会的罪恶，束缚人们的精神，强迫人们去遵循封建的风俗。他在对待中国的态度上，同样也反映了这一观点。他说，在中国，"文艺为人尊崇，摆在国家尊严的第一位"，按说中国人应该是"聪明的、自由的而且是不可战胜的"，但是科学并不能敦风化俗，并不能"教导中国人为祖国流血"，并不能"鼓舞他们的勇气"，因此"没有一种邪恶未曾统治过他们"，"没有一种罪恶他们不熟悉"，而所谓的"见识""睿智"以及帝国的众多居民，"都不能保障他们免于愚昧而粗野的鞑靼人的羁轭"。卢梭由此得出结论，既然如此，"他们那些文人学士又有什么用呢？他们所堆砌的那些荣誉又能得出什么结果呢？结果不就是布满了奴隶和为非作歹的人吗？"①

二

为什么法国启蒙运动作家对中国抱着如此强烈的兴趣，在他们的作品中都要谈到中国呢？这有两方面的原因。

18世纪的法国，封建制度已充分暴露出各种弊端，封建王朝自路易十四时代以后已盛极而衰，开始没落。法国专制暴虐，政治黑

---

① 卢梭著，何兆武译：《论科学与艺术》，商务印书馆1960年版，第9页。

暗，等级制度森严。贵族垄断了国家、军队、教会的一切职务，政府还实行鬻卖官职的制度。宫廷惊人奢侈，生活糜烂不堪；苛捐杂税，民不聊生，尤其是军役税（la taille），迫使农民荒芜土地，造成农业生产凋敝。面对专制而腐败的法国政治制度，启蒙运动思想家肩负着双重的任务，一是批判和扫除一切维护封建专制统治的上层建筑和意识形态，一是提出建设新社会秩序的理想或方案。但光有这方面的理由还不足以说明他们为什么对中国感兴趣，更重要的原因是自17世纪末以来，法国耶稣会教士到中国传教，又把中国的文明介绍到法国，在法国产生了重大的影响。这种影响表现在对中国政治制度、哲学思想、伦理道德的探讨研究和争论以及中国语言文化的传播各个方面（限于篇幅，本文对此不作详细介绍）。特别是在华的欧洲传教士长达数十年的关于中国礼仪之争，以至于教皇都一再发布谕旨，更加深了人们对中国的兴趣，其中很重要的内容便是中国的政治制度以及与此相联系的中国伦理道德，因为人们都想探讨一个幅员辽阔的泱泱大国，在数千年的悠久历史中，能够保持政治的相对稳定，并创出灿烂文明的原因。当时许多人都认为这是由于中国的政制优良。那么中国的政治制度究竟如何，能否作为法国的楷模呢？伏尔泰、孟德斯鸠、卢梭等启蒙运动思想家正是从批判旧制度、建立新秩序的目的出发来研究中国的。

在18世纪的法国，有关中国的材料主要有三类：一是到中国传教的耶稣会教士的书信和出版的图书，如《耶稣会传教士关于中国的有益和奇异的信札》、柏应理（Ph. Couplet）的《中国贤哲孔子》等；二是史书，如杜赫德（Du Halde）的《中华帝国全志》、刘应（C. Visdelou）的《鞑靼史》等；三是一些商人和外交人员所写的游记，如朗治（L. Lange）的《北方游记》、安逊（G. Asnon）的《环球游记》等等。伏尔泰、孟德斯鸠、卢梭等人对中国的论述所根据的材料基本上是同一来源，然而他们的结论各不相同。伏尔泰热情赞扬中国的一切。面对专制而腐败的法国政府，伏尔泰除了或正面抨击，或影射讽刺之外，还运用中国来作比较。从前面介绍的伏尔泰对中国政治制度的几点看法，我们可以看出他认为中国的政治制度是优良的，这一切正是法国制度的缺点，中国的制度无疑比法国优越得多。因此伏尔泰对中国的赞扬是为了批判法国的封建制度，以起到振聋发聩的作用。卢梭以尖锐的口吻批判中国的制度、道德和文明，虽然他的看法失之偏颇，缺乏科学的具体分析，但却表现出他对统治阶级的文明、传统观点的挑战，体现出启蒙运动的批判一切的战斗精神，因此他是以对中国的批判来反对一切封建制度和意识形态。孟德斯鸠对中国的态度是贬中有褒，在他心目中，中国是专制政体的典型，他之所以对中国感兴趣，是通过批判中国的政治制度来宣扬君主立宪。尽管三人观点不同，但却殊途同归，都是通过对中国的评论，把斗争矛头指向封建制度及其上层建筑，于是出现了在几乎同一时期、负有同一使命的作家，为了同一目的，却以截然不同的态度来评价同一中国这一现象。这种情形乍看起来似乎令人奇怪，但如果联系他们的政治观点，就会看到这些都是为他们各自的理论服务的。

三

伏尔泰对中国的历史、文明、制度、政策、道德风尚的热情赞扬，使我们感到自豪和高兴，其中不少观点发前人所未发，然而在有关中国的政治制度方面，他把中国理想化了（参阅《伏尔泰笔下的中国》）。平心而论，尽管孟德斯鸠不免偏激地否定了中国的法律和道德，把"贪婪""奸诈"加在所有中国人头上，因而是我们不能接受的，但他对中国政治制度的专制性和封建礼教的虚伪性的批判，却颇有见地，比伏尔泰的见解更为深刻些；当然他只是从地理、气候、人口等因素来解释中国的专制政体的存在，因此说服力并不强。至于卢梭全盘否定中国的文明和道德，虽然其批判的精神可嘉，但却并不符合事实。在中国历史上，为抵抗侵略，以大无畏的"勇气"，"为祖国流血"的仁人志士是史不绝书的。中国之所以曾经沦于异族的统治，并不是科学文明的结果，而是腐败的统治阶级所造成，而卢梭却不能以阶级的、历史的观点看待这些问题。

另外，不管是伏尔泰、孟德斯鸠还是卢梭，他们的思想方法都是片面的。为了说明自己的观点，各执一端，不是一味推崇，便是极力贬抑，结果都不能正确认识中国。而且他们对中国的认识都取材于他人的叙述，由于叙述者的身份、经历和对中国的态度的不同，这些材料本身就带有主观片面性，并不完全可靠，而且伏尔泰等人为了说明自己的观点，并没有以科学的态度作去粗取精、去伪存真的分析，而是各取所需，甚至以道听途说作为论据，或者以个别的现象代替整个中国，这样他们的某些结论自然就不可能符合实际了。

伏尔泰笔下的中国

17世纪末,法国耶稣会教士开始到中国传教。他们在信件和出版的图书中对中国的介绍,使法国人"发现"了这个遥远的中华帝国的古老文明,从而在法国兴起了"汉学"和出版了许多有关中国的史书以及以中国为题材的文学作品。这种对中国的介绍在法国产生了很大的影响,有的人甚至认为它"部分地陶冶了18世纪人们的思想"[①]。法国启蒙运动思想家伏尔泰、狄德罗、孟德斯鸠、卢梭在他们的著作中都谈到中国,虽然或褒或贬,各有不同,但对中国感兴趣则是一致的。在所有这些思想家中,始终以赞扬的态度来评述中国的,是公认的启蒙运动领袖人物伏尔泰。伏尔泰把欧洲人"发现"中国的文明比作达·伽马和哥伦布的地理大发现。不论在他的哲学著作(《哲学辞典》《哲学通信》《哲学对话》)、历史著作(《论各民族的精神与风俗》《路易十四时代》),还是在文学作品(如戏剧《中国孤儿》、哲理小说《查第格》《巴比伦公主》)中,伏尔泰谈到中国时都表现出极大的热情。他在其史学名著《论各民族的精神与风俗》(下简称《风俗论》)中,把中国置于首位,并用两章的篇幅来介绍,因为他认为人类的历史是以中国为开

---

① A.雷蒂夫:《有益和奇异的信札简史》,转引自《耶稣会传教士关于中国的有益和奇异的信札》(以下简称《中国信札》),加尼埃-弗拉玛里翁出版社1979年版,第32页。

端,人类的文明、科学和技艺也是随着中国而发展起来的。在《历史的哲学》一文(后作为《风俗论》的导论)中也有关于中国的专论。他编撰的《哲学辞典》中有不少关于中国的条目,介绍康熙、乾隆、中国的理学等等。伏尔泰指出:"当高卢、日耳曼、英吉利以及整个北欧沉沦于最野蛮的偶像崇拜之中时,庞大的中华帝国的政府各部正培养良俗美德,制定法律","由于它是世界上最古老的民族,它在伦理道德和治国理政方面,堪称首屈一指"[①]。伏尔泰只要发现中国在某一方面优先于欧洲国家,便热情颂扬。18世纪初,种痘术从君士坦丁堡传到英国。伏尔泰从传教士当特科尔的信(1726年)中知道中国早就采用略有不同的方法时,便在《哲学信札》中这样写道:"我听说一百年来中国已经使用这种方法;一个被视为世上最明智、最文明的民族的这种榜样,便是一个伟大的先例。"总之,伏尔泰认为中国在政治、文化、伦理、道德、宗教各方面都优于西方国家。18世纪欧洲的启蒙运动是对封建社会制度以及维护这一制度的意识形态和上层建筑的一次深刻的批判,以唤醒人们认识这个制度的不合理性,从而为资产阶级革命开辟道路。伏尔泰对中国的介绍和评论是与启蒙运动的要求相一致的。路易十四当年出于殖民主义的需要,与葡萄牙人争夺影响,趁葡萄牙国力衰微之机,从私人金库里出资让传教士前往中国,耶稣会教士为了说明他们传教的成绩和在中国传播基督教的可能性而大量宣扬中国;这些材料居然成为伏尔泰宣传启蒙思想的内容,成为它掷向封建制度和天主教会这两只鸟的一块石头,这是路易十四和耶稣会教士所始料未及的。

---

① 《路易十四时代》,第598、594页。

一

伏尔泰主要生活在路易十五时代。他在思想文化领域活动的几十年,正是法国封建王朝盛极而衰,开始没落并迅速走向崩溃,资产阶级革命即将来临的时期。伏尔泰除了正面抨击这个已经充分暴露出各种弊端的封建制度之外,还经常将中国跟西欧国家作比较,把对中国的赞扬作为对法国的批判。

路易十五的才智魄力远逊路易十四,但却更加专制暴虐。他说:"主权的权力寄于我身上,立法权属于我……全国的权利和利益必然与我的权利和利益联成一片,而且都在我掌握之中。"在他的统治下,密札捕人,严刑拷打,草菅人命。伏尔泰也深受其迫害,两度入狱,几度放逐,因此他对法国的专制制度深恶痛绝,盛赞中国的法律和道德。他说:"他们最负盛名、最文明、最完善的东西,就是道德和法律。"①他认为康熙"虽为专制君主,又是征服中国的那个开国皇帝的嫡孙",但处理国家大事却能"遵照帝国法律行事"②;雍正对重罪案件极为慎重,"未呈皇上亲览(甚至需要呈上三次),不得对人犯处以极刑"。伏尔泰认为颁布这一敕令的理由有二:"其一为:不得视人命为草芥。其二为:君主对百姓须爱民如子。"③他把中国跟欧洲国家作了比较之后得出结论:"除了中国的法庭之外,几乎任何地方,法律、宗教、风俗都是极度的荒唐,加上一丝半点的明智。"④伏尔泰认为,中国的法律是以道

---

① *Essai sur les moeurs et l'esprit des nations*, in Oeuvres complètes de Voltaire, Tome deuxième, Edition du Journal de siècl, Paris, p.52.

②③ 《路易十四时代》,第596页、第601页。

④ 见*Essai sur les moeurs.*

德为基础的，对此他尤为赞赏。他说，当"中国遵循最纯洁的道德教训时，欧洲正陷于谬误和腐化堕落之中"①。那么，在伏尔泰心目中，中国最纯洁的道德是什么？那就是"后辈对长辈的尊敬"，而这是人类"最合乎自然又最神圣的法则"②。整个中国的法律和安宁是建立在这种道德的基础之上的，因为"孝道是中国政府的统治基础……中国的文职大官被视为城市和省的父母官，而国王则是帝国的君父。这种思想在人们心目中根深蒂固，从而把这个广袤无垠的国家组成一个家庭"③。因此伏尔泰赞叹道："当我们还是三五成群流浪于阿登森林之中时，他们幅员辽阔、人口众多的帝国已经治理得像一个家庭了。"④

  法国封建等级制度森严，贵族垄断了国家、军队、教会的一切重要职务。政府还实行鬻卖官职的制度。1665年12月颁布的法令中，公然规定了各种官职的价格，如巴黎高等法院戴帽法官职位定价三十五万利佛尔，审讯长职位十万利佛尔，行政院第一主席职位四十万利佛尔，高等检察官职位二十五万利佛尔，等等。⑤面对法国这种腐败的制度，伏尔泰很欣赏中国通过科举和所谓根据个人品德才干遴选官员的制度。他在《风俗论》中赞扬在中国如果一个人有德行，地方必须逐级报告，直至上报朝廷，否则将受到处分，并举一个农民拾金不昧被赏赐官职的例子作为证明。在《路易十四

---

  ①② 《路易十四时代》，第597、第595页。

  ③ *Essai sur les moeurs et l'esprit des nations*, in Oeuvres complètes de Voltaire, Tome deuxième, Edition du Journal de siècle, Paris, p.52.

  ④ *Essai sur les moeurs*, p.21.

  ⑤ 《法国古代法律汇编》，转引自布阿吉尔贝尔《法国详情及补篇》，伍纯武译，梁守锵校，商务印书馆1981年版，第84页。

时代》中也有类似说法:"各省农民被所在州、县长官评选为最勤劳、能干、孝悌者,甚至可封为八品官。"①伏尔泰还认为中国皇帝能够倾听下情,甚至在宫殿中设有专门供人写批评建议的地方(《风俗论》)。由此可见,伏尔泰认为中国是能够选贤与能的。

法国在路易十四、路易十五统治时期,宫廷惊人的奢侈,生活糜烂不堪,苛捐杂税,民不聊生,特别是军役税迫使农民荒芜土地,造成农业生产凋敝。伏尔泰认为中国政府则能重视农耕,实行有预见的经济政策。他说:"帝王中无人比他(指雍正——引者)更不遗余力地鼓励农事。他对这一于国计民生不可缺少的百艺之首极为重视。"为了备荒,雍正还"下令各省修建贮粮大仓。粮务管理需量入为出,既不得增加百姓负担,又应永防荒欠饥馑"。他还认为雍正能"倡导节约",禁止为自己修建牌坊和上演新戏来歌功颂德。这是与法国统治者完全不同的。

启蒙运动的矛头首先就是指向代表封建制度的王权。但是伏尔泰不是像卢梭那样的激进的民主主义者。卢梭认为"以扼杀或废除暴君为目的的起义运动,与暴君前一日任意处置其臣民的生命财产的行为同样合理"。而伏尔泰则向往英国的君主立宪制,他希望建立政治贤明、法律完善、道德高尚的国家,但他认为这取决于是否有一个开明的君主。伏尔泰这种唯心史观表现在他对诃伦的赞扬、对路易九世的推崇和对路易十四的美化上。这从他对中国皇帝的评价中也可以看出来。从1685年3月首批法国传教士前往中国,到1775

---

① *Essai sur les moeurs et l'esprit des nations*, in Oeuvres complètes de Voltaire, Tome deuxième, Edition du Journal de siècle, Paris, p.601.

年耶稣会在北京正式取消,这期间正是中国的所谓"康乾盛世"。伏尔泰没有认识到中国的皇权比西欧君主的王权更加专制,相反把康熙、雍正等视为理想的君主,用了不少溢美之词。他颂扬康熙的文治武功,说他"圣怀宽阔",是"以善良仁慈、行高德美而驰名遐迩的君主"①。他以热情的笔触描写康熙在蒙古大草原举行大规模围猎的雄伟壮观的场面(《风俗论》)。他说雍正"爱法律,重公益,超过父王"②。在《巴比伦公主》中,写到巴比伦公主福摩桑特来到中国首都汗八里(即今北京),中国皇帝盛情接待她时,伏尔泰说:"这是世上最公正、最有教养、最贤明的君主。"③这位君主是谁?伏尔泰没有明说,但从上下文,我们不难看出,这个皇帝不是别人,正是雍正。

综上所述,我们看到,伏尔泰心目中的中国政府是:有一个开明的君主,佐以通过考试或由于德行而选拔出来的官吏,奉行完善的法律,并以纯洁的道德来团结全体人民。伏尔泰热情地写道:"人的头脑肯定想象不出一种比这更好的政府了。在这个政府里,一切都由一层层的大法庭所决定,而只有经过若干次严格的考试才能被录用充当法庭的成员。因此在这样的政府里,皇帝就不可能为所欲为地行使权力。"④很显然,这样的政府也正是伏尔泰理想的政府。其实,伏尔泰笔下的这个崇尚道德、奉行法律、贤君良吏的中国只是伏尔泰的理想王国而已。中国的读者不难看出这与事实相去

---

①② 《路易十四时代》,第596、600页。

③ Voltaire Romans et contes philosophiques, Editions du Progrès, 1964, Moscou, p.316.

④ Essai sur les moeurs, Chapitre CXCV.

多远。中国的封建道德只是统治者用来压迫人民的思想桎梏。即使在皇室内部，为了争夺皇位，也曾发生过多少子弑父、父杀子、兄弟相残的惨剧！雍正不就是靠屠杀兄弟宗亲才得以登上帝座？这些血淋淋的事实与伏尔泰在《风俗论》中愤怒谴责的拜占庭帝国皇族内部的互相残杀并无二致，中国皇帝统治的残酷比起欧洲君主有过之而无不及。骇人听闻的"文字狱"就发生在康熙、乾隆时代。鬻卖官职在中国历代王朝皆有。康熙十四年（1675年）就实行捐纳制度，从此捐纳便成为科举制度的补充。至于中国历代的荐举贤人的制度，从汉朝时的孝廉，到康熙时的博学鸿儒科，实际上只是地主阶级、世家大族间的互相吹捧，其中弄虚作假的丑闻史不绝书。人们所熟悉的"举孝廉，父别居"，便是对这一制度的辛辣讽刺。伏尔泰不了解这些，他把中国的伦理道德、行政司法、经济政策视为楷模，其目的是利用中国来批判法国的封建制度，以起到振聋发聩的作用。

二

教会是欧洲封建社会的主要支柱。它们推行蒙昧主义，煽动宗教迫害，禁锢人民的思想。伏尔泰宣称封建教会的蒙昧主义是思想解放运动的主要敌人。在这方面，他同样运用中国的材料作为揭露和批判的武器。

教会以《圣经》作为愚民的工具，把犹太这块地方作为世界历史的中心，把整个人类说成只是围绕犹太这个民族，为耶稣这个人而存在着的。被称为"莫城之鹰"的主教博絮埃在《世界史讲话》

中就是这样说的：

> 各个帝国的演变都是由上帝安排用来侮辱那些君主……这些帝国中大部分都与上帝子民的历史有着必然的联系。上帝用亚述人和巴比伦人来惩罚这个民族，用波斯人使其恢复家园，用亚历山大及其最初几任继承者来保护它，用杰出的安提奥克及其继承人来锻炼它，用罗马人保护其自由以反对一心只想毁灭它的叙利亚国王。犹太人在这些罗马人统治之下，一直存在到耶稣基督时代。当犹太人不认耶稣基督并把他钉在十字架上时，这些罗马人便帮助上帝对它实行报复——虽然他们自己并没有想到这一点——而把这个忘恩负义的民族消灭了。

伏尔泰一方面以揶揄的口吻谈论教会和《圣经》："我们神圣的教会虽然憎恶犹太人，但却告诉我们，犹太人的书籍都是按照天下万民之父和创造者——上帝的旨意写就的，我对此不能表示任何怀疑，甚至也不允许自己再作任何推理。"[①] 另一方面，他以《风俗论》这一鸿篇巨著，尤其是以中国的历史驳斥了教会的荒诞说法，因为中国有记载的历史比犹太人的历史远为悠久而又翔实。伏尔泰指出："无可否认，世上最古老的编年史是中国的编年史，这些编年史逐年记载，从无间断，几乎全都详尽无遗，审慎有度，没有掺杂任何异想天开之事，全都以四千一百五十二年的天文观察为依据。"[②] "……中国人把天空的历史和地上的历史结合了起来。在所

---

① *Essai sur les moeurs*, p.35.
② *Essai sur les moeurs*, p.47.

有民族中,只有他们以日月之蚀、以行星会合来标志其年代;我们的天文学家核查了他们的计算,惊奇地发现,这些计算差不多都翔实无误。其他民族虚构寓意的神话,而中国人则拿着毛笔和浑天仪撰写其历史。""不像埃及人和希腊人,中国人的历史没有任何虚构,没有任何神迹,没有任何自称半神的得到神启的人物。这个民族从一开始撰写历史,便写得入情合理。"①伏尔泰在《百科全书》的"历史"条目中写道:"中国人优于世界上一切民族之处,就在于自从大约四千年来,他们的法律、他们的风俗、士人们说的语言,一直没有变化",中国"发明了几乎所有的技艺,然后我们才学会其中的几种"。这样,伏尔泰以中国悠久而可靠的历史和古老的灿烂文明证明了全世界各个民族自身的存在和发展,使天主教会以犹太人为中心的世界史显得荒谬可笑,从而促使人们对《圣经》的正确性产生怀疑。

伏尔泰是自然神论者。他认为神就是不可动摇的自然规律,而不是人格化的偶像。他认为孔子的学说符合这种自然神论。他说:"他们的孔夫子……既不作为神启者,也不作为先知;他是传授古代律法的贤明官吏。我们有时不恰当地称之为孔教;但他并没有什么宗教,他的宗教就是一切皇帝和大臣的宗教,就是至圣至贤者的宗教。他只以道德谆谆教诲,而不宣传任何教仪秘典。"②伏尔泰认为中国的庶民百姓,愚夫愚妇崇拜偶像,而官绅士人奉行的则是孔子的学说,似乎这是官绅士人把珍馐留给自己,而把粗食给予百姓,听任愚夫愚妇受和尚道士的蛊惑,从事狂热的偶像崇拜。

---

① ②　*Essai sur les moeurs*, p.21.

伏尔泰一生反对宗教迫害。他对路易十四在1685年取消《南特敕令》，镇压胡格诺教徒，以及后来对冉森教派的迫害都十分愤慨。然而他看到，几乎与此同时，康熙却于1692年发布敕令，允许传布和皈依基督教："……凡愿信奉该教者均可自由进入教堂并公开宣布其信仰……"①这一明显的对比，使伏尔泰看到中国对宗教的宽容态度。甚至到了1724年1月，雍正开始把居住于各地（除北京外）的传教士遣送至澳门，并在中国取缔基督教时，伏尔泰根据外国传教士的所作所为，也对中国这一行动加以辩护。从伏尔泰的《关于耶稣会教士被逐出中国的记述》（下简称《记述》）这一《哲学对话》中的篇章以及其他著作中，我们看到伏尔泰认为中国之所以驱逐传教士、取缔基督教的原因在于：1．这些传教士是教皇的"士兵和间谍"，而教皇则自命为"世上一切王国的君主"（《记述》）。2．教皇"身在罗马"，却发布敕令或派遣特使发出训谕"谴责中国古老的礼仪"（《记述》）。3．基督教内部教派纷争，互相攻讦，"使他们传布的宗教名誉扫地"，"使中国法庭对前来中国宣讲天律，但却对天律本身见解并不一致的人极为不满"（《路易十四时代》）。4．这些传教士"在宗教的借口下，从事大规模的经商贸易"（《记述》）。伏尔泰所指出的这几点都是历史事实。康熙时代，杨光先在《辟邪记》和《不得已》两部书中就指出天主教在北京和各省建立教堂，遍布党羽，又把十三省的山川形势、兵马钱粮，尽皆编成图籍，这是中国极大的隐患。这一点从耶稣会教士自己的信件中也可得到证明。例如，17世纪中国瓷器在欧

---

① 《中国信札》，第17页。

洲享有盛誉，欧洲人极力研究制造方法但无结果。后来法国传教士当特科尔到景德镇通过皈依基督教的工人了解了制造瓷器的技术细节，并于1712年写了详尽的报告给耶稣会中国和印度传教团财务总监奥里神父，从而促进了法国的研究。伊札贝尔和维西埃尔在《中国信札》的《导言》中虽然不同意伏尔泰的上述观点，但也不得不承认"它（指传教团）通过力图刺探人们如此垂涎三尺的有关中国瓷器的秘密而以某种方式热衷于从事今天被称为'工业间谍'的行为"①。当时由于传教士的宣传，中国的一些教民心目中只有教会和教皇，尤其是几位皇族子弟的皈依领洗，影响更为严重。巴多明神父1724年的一封信中谈到康熙的十皇子、雍正的皇太弟原是杰出的将领，皈依天主教后，改名保罗，从此决心"除了耶稣基督外，不再为其他主人效劳；除了向耶稣基督的敌人作战外，不再跟其他人战斗"，便借口腿部不便，不能上马，要求解甲归隐。②所以伏尔泰认为"这些教士来自地球的尽头，使皇族内部失欢不睦"③。至于罗马教会对中国内政、风俗习惯、礼仪的干预更是明目张胆。就在康熙钦准在中国传教的第二年（1693年），福建宗座代牧主教墨克罗便发布训谕谴责中国的礼仪，把中国祭奠祖先、公祭孔子、向尊长叩头跪拜等说成是偶像崇拜。1704年，教皇克莱门十一世发布通谕，再次谴责中国的礼仪。1707年，教皇特使、安提阿大主教托马·马亚尔·德·图尔囊在南京发布训谕，"对中国礼敬亡人的礼仪进行严厉的谴责，并禁止教民使用皇上用以表示'天帝'之意的

---

①② 《中国信札》，第30、第249—256页。
③ 《路易十四时代》，第603页。

字眼"①。1715年,教皇克莱门十一世的谕旨对图尔囊的训谕加以肯定。1742年,教皇本笃十四世发布谕旨严厉谴责中国的一切礼仪。罗马教会这些蛮横无理的做法自然引起中国统治者的不安与反对。雍正于1724年在全国取缔基督教,没收了三百座教堂,这是完全合理的。正像康熙的十三子对巴多明所说的:"如果我们的人到欧洲去,想改变你们古代贤人所制定的法律和风俗,那么你们会怎么想呢?"②正因为如此,伏尔泰在《巴比伦公主》中强烈谴责来到中国的传教士"异想天开地企图强迫所有的中国人跟他们一样思想,他们借口宣扬真理,却已经聚敛了钱财,猎取了荣誉"。他并在这篇小说中借雍正之口说:"你们在这里会干出你们在其他地方已经干的坏事。你们来到世上最宽容的国家宣传不宽容的教条。我今天把你们赶走,是为了免得有一天不得不惩办你们。"当罗马教会叫嚷中国迫害传教士时,伏尔泰指出,中国皇帝虽然饬令将传教士遣往澳门,却并没有迫害他们,而且途中还"派一名官员护送,使之免遭欺辱"③。总之,在伏尔泰看来,传教士之所以被驱逐完全是咎由自取。比起欧洲各国对异教徒(如对法国的阿尔比教徒)和对基督教中不同教派的迫害来,中国人是文明而宽容的。这样,伏尔泰通过当时在中国发生的这一事件,揭露了教皇和罗马教会的丑恶行径,使人们更看清教会的真面目。

---

① 《路易十四时代》,第600页。
② 《中国信札》,第233—234页。
③ 《路易十四时代》,第602页。

三

  1740年，伏尔泰开始撰写《风俗论》这部不朽著作。伏尔泰在书中谈到法国路易九世组织十字军攻打埃及穆斯林时指出："不能因为埃及遵循穆罕默德的教条便有理由去蹂躏它，正如同今天不能因中国执着于孔子的伦理道德便把战争打到中国去一样。"①这句话仿佛是伏尔泰对西方统治者预先发出的警告。一百年后，1840年，西方列强用枪炮打开了中国的大门。他们的借口已不是什么"宗教信仰"，也不是什么"伦理道德"，而是最卑鄙的鸦片贸易。现在这个屈辱苦难的岁月过去一百多年了，中国和世界都发生了巨大的变化。但是今天当我们在伏尔泰的著作中读到他对中国的评论时，我们仍然不免为他对中国的热情所深深感动：二百多年前，世界上有多少人像伏尔泰这样对中国抱着如此强烈的感情呢！

  伏尔泰是通过来华布道的传教士所写的图书和信件来了解中国的。这些材料本身就有不少失实和错误，加上他本人世界观的局限，他对中国的介绍和论述，自然有许多不正确的地方。他只强调道德、法律这些上层建筑和开明君主的力量，不了解人民群众在历史上的作用，更不了解阶级斗争的规律，这些从前面他对中国社会制度和中国皇帝的介绍中便不难看出来。此外，伏尔泰论述中的错误还表现在如下方面：一是把传闻当作事实。如他说"农民有权在省总督衙门就座，并与总督大人同餐共膳。农民的名字用金字书写在大堂之上"②等等。二是对事实未从本质上深入分析，故结论不一

---

 ① *Essai sur les moeurs*，p.132.
 ② 《路易十四时代》，第601页。

定都符合实际。伏尔泰在许多书中都谈到为祈求上天保佑丰年,皇帝在春天时亲自扶犁开出第一道犁沟,以此说明皇帝对农事的重视和对臣民的关怀。然而伏尔泰却没有看到,这即使是事实也不能说明皇帝的德政,更不能因此而无视中国封建社会广大农民的悲惨生活。在这一点上,伏尔泰就不如其他一些学者了。比伏尔泰稍晚一点的博物学家索内拉在其《东印度和中国游记》中就指出:"皇帝从銮椅上下来亲自扶犁",只不过是"跟希腊人礼拜色雷斯一样毫无价值的徒劳的仪式。这种仪式并不能使千千万万无以维生的中国人不死于饥馑,不抛儿弃女"①。三是伏尔泰对具有古老文明的中国后来科学技艺发展停滞的问题,看法也不正确。他说:"这些人跟我们如此不同,似乎大自然赋予他们的器官是用来一下子发现他们所需要的东西,然而却无法进一步加以发展。"②在具体分析为什么发展停滞时,他认为"这可能有两个原因:一是这些人对祖先传下来的东西具有不可思议的尊敬心情,从而他们心目中认为一切古老的东西均已尽善尽美;另一原因是他们的语言,因为语言是一切知识的第一要素"③。在《路易十四时代》中,他说:"他们尊崇先师,因此行事必须止于他们不敢逾越的界限。"这些虽然不无道理,但并没接触到社会制度这一根本的原因。这一切,我们当然是不能苛求于前人的。

---

① 《中国信札》,第40页。

② ③ *Essai sur les moeurs et l'esprit des nations*, in Oeuvres completes de Voltaire, Tome deuxième, Edition du Journal de siècl, Paris, p.52.

伏尔泰《风俗论》译者前言

中国读者对于法国启蒙思想家伏尔泰（1694—1778）并不陌生。他的哲理小说《查第格》《老实人》《天真汉》等、哲学著作《哲学通信》《哲学辞典》和历史名著《路易十四时代》，早已先后译成中文。就历史学而言，《论各民族的精神与风俗》（简称《风俗论》）是《路易十四时代》的姊妹篇。该书是在他因秘密出版《哲学通信》遭巴黎高等法院下令逮捕而避居小城西雷他女友夏特莱夫人家时于1740年开始撰写的，直至1756年才完成，在日内瓦出版，历时16年。此后他仍不断审阅，加以修改充实，甚至在他去世那年，还对该书有所增补。1765年他发表了《历史哲学》，后把它作为导论收入《风俗论》一书。

人们历来都把伏尔泰阐述人类文明的历史著作视为开世界文化史之先河。在他之前和与他同时代的历史学家只记述帝王将相的治政和军功。伏尔泰认为，阅读这些人的历史著作，"似乎世界只是为几个君主和效力于君主欲念的那些人而存在，其余的全都被略而不提。在这一点上，历史学家就像他们所谈到的某些暴君，把人类作为献给一个人的牺牲品了"。他明确指出："我的主要想法是尽可能地了解各民族的风俗和研究人类的精神。我把历代国王继承的顺序视为撰写历史的指导线索而不是目的。"（《科尔玛公证文书》）欧洲的历史，尤其是中世纪欧洲的历史，从某种意义上说，是宗教思想统治人们精神生活的兴衰史，是教权与王权既相互利用又彼此斗争的历史。宗教问题渗透到政治、军事、财政、贸易、哲学、文艺、科学等各个领域，又是许多历史事件的重要起因。《风俗论》以此为重点旁及文化各个方面的深入阐述，指出了人类从愚昧进步到文明的艰辛历程，从而揭示出人类必然走向理性时代的美好前景。

过去的世界古代史主要谈希腊、罗马和犹太，其余民族很少提及。《风俗论》用相当大的篇幅，而且往往以称赞的口吻谈到除犹太人外的非西方的民族，尤其是在介绍中国时更表现出极大的热情，认为中国在政治、法律、文化、伦理、道德、宗教各方面均优于西方国家。伏尔泰是通过来华布道的传教士所写的图书和信件来了解中国的，这些材料不免有失实或溢美之处。但伏尔泰以中国的一切为楷模来批判西方的封建制度，这是与启蒙运动的要求相一致的。路易十四当年出于殖民主义的需要，与葡萄牙人竞争，趁葡萄牙国力衰微之机，从私人金库出资让传教士前往中国，某些传教士为了说明他们在中国传教的意义和在中国传教的可能性而极力宣扬中国，这些材料居然成为伏尔泰掷向封建制度和天主教会这两只鸟的一块石头，这是路易十四和传教士们所始料不及的。

《风俗论》虽是伏尔泰为夏特莱夫人学习历史而写的，但更重要的是有所为而发。当时法国不少史书，特别是博絮埃的《世界史讲话》按教会和国王的利益编造历史，把一切历史事件归为神的意志的结果。伏尔泰把这种历史著作视为"撒谎的作品"。但他不屑于以笔战来驳斥这种著作，而是以撰写《风俗论》这部纪念碑式的鸿篇巨著来取而代之。果然，它初版便印刷了6000部，这在当时是空前的。《风俗论》用大量事实揭露教廷的黑暗和腐朽，反对宗教狂热、宗教迫害和教派斗争，并以犀利的文笔、磅礴的气势，上下数千年，纵横几大洲，向人们展示了世界各重要民族的精神和风俗的宏伟画卷。尽管其中某些史料不尽翔实，论点或有偏颇，但伏尔泰的治史态度是严肃认真的。《风俗论》叙述纷繁的历史事件，撮其要，取其精；描绘人物栩栩如生，而且善于以简洁的笔触勾勒世态人情，展现历史风貌。可以说，这不仅是历史学家而且是想了解世界历史的一般读者值得一读的一部学术名著。

《风俗论》原书分上下两册，中译本按篇幅分为上、中、下三册：上册包括原书的序言、导论、前言及正文的前52章；中册从53章至140章，共88章；下册从141章至197章，共57章。

《风俗论》中译本参加翻译的共有6人：梁守锵译序言、导论、前言及正文1—90章；吴模信译91—121章；谢戊申译122—138章、141—157章；邱公南译139—140章、158—171章；郑福熙译172—173章；江家荣译174—197章。全部译稿曾请郑福熙先生进行初校，后因郑福熙先生作古，出版前又由梁守锵重新校订。

1993年3月于中山大学

孟德斯鸠《波斯人信札》译者前言

《波斯人信札》（1721年）是法国启蒙运动思想家孟德斯鸠的第一部，也是唯一一部小说。该书一出版便获得了巨大的成功：当年就出了四版，印刷十来次，还有若干伪版，并立即被译成欧洲各国文字。孟德斯鸠靠着这部处女作，从一个外省法官，跻身巴黎上流社会，出入著名沙龙，于38岁就摘取了法兰西学士院院士的桂冠，得到了法国知识分子梦寐以求的荣誉，这一切应归功于该书的美学价值和认识价值。

《波斯人信札》这部书信体小说继承了法国笔记文学的传统。这种文学体裁虽有结构松散的缺点，但却可自由选择主题，组合素材，剪接文字，铺陈事实；可以蓦然而来，飘然而去，戛然而止。但孟德斯鸠与前人不同，或者说，胜于前人之处，在于此书融传奇与哲理于一体，虽无拉伯雷《巨人传》的想象丰富，恣肆汪洋，诙谐生趣，却以虚构映射现实，用事实晓谕真理，借荒诞以娱众，寄寓意于诡谲，情节离奇，文笔幽默，叙事简洁，说理明晰。孟德斯鸠说："此书出版时，人们并没有把它视为严肃作品，它其实也不是严肃作品。"（《〈波斯人信札〉说明》）正是这种寓庄于谐的风格，令人常读不厌，而又不至于锋芒太露，授人以柄。另一方面，小说适应了法国人在路易十四去世后，寄望变革而对摄政时期的改革又感到失望的心情，反映了启蒙运动初期人们要求重新认识现实、寻求真理的躁动心态，同时满足了随着资本主义的发展、殖民主义的扩张，人们对东方的猎奇心理。这一切，作者通过塑造主人公郁斯贝克而表现出来。郁斯贝克一方面在巴黎宣扬理性的批判，揭露虚假的价值和虚伪的行为；另一方面，在波斯，对自己的后房妻妾，实行最无理性、最无人道、最虚伪的专制。有的评论者把《波斯人信札》中的巴黎见闻与后房故事割裂开来，认为全书不存在统一性问题。其实，该书的统一性和把全书联系起来的"秘密的，而且从某种意义上说是一条人们觉察不到的链条"（孟德斯鸠：《关于〈波斯人信札〉的几点想法》），就在于贯穿其中的批判精神，而这种批判精神，正体现在郁斯贝克的两重性格上。作者以郁斯贝克和里加等人在巴黎的所见所闻、所发表的言论，批判了法国当时的现实，笔锋所指，政治、经济、军事、宗教、文化、风俗习惯，无所不及，给我们展现了一幅虽嫌零碎，但却发人深省的社会风情画。与此同时，作者又以郁斯贝克对其妻妾的残酷迫害，批判了当时波斯的风俗。即使如某些人所说，作者写后房故事只是"为了给沙龙消遣，为了解闷"，但当作品发表之后，这故事便独立于作者的意志之外，以它自身的力量去感动人、启迪人。正是这种批判精神、这种认识价值和美学价值，奠定了《波斯人信札》在世界文学史上的地位。

当然，《波斯人信札》对法国现实的批判是无伤大雅的，人们完全可以接受，而事实上也接受了，孟德斯鸠在法国上流社会的成功，说明了这一点。相比之下，伏尔泰的命运就坎坷得多。尽管他的作品受到公众的欢迎，但却不容于宫廷，不容于教会，他本人五次被放逐，两度入狱，直至52岁才当选为法兰西学士院院士。另外还要看到，正如哥伦比亚大学教授萨伊德在其《东方主义》中指出的，西方对东方的描述，无论是在学术著作还是在文艺作品中，都严重扭曲了所描述的对象。《波斯人信札》中所介绍的东方的人情风俗，无论是波斯、印度，还是莫斯科维亚，都是出于西方人的猎奇心理。孟德斯鸠以虚构的东方来批判真实的西方的不合理性，可这种批判仍未能摆脱西方中心主义的局限性。由此人们不免又想把孟德斯鸠跟伏尔泰作对比。伏尔泰在其名著《论各民族的精神与风俗》（简称《风俗论》）中，上下数千年，纵横几大洲，介绍世界上几十个国家，但他总是以"称赞的口吻谈到除犹太人以外的非西方的民族"（梁守锵：《风俗论·译者前言》）。看来，在这方面，孟德斯鸠是稍逊于伏尔泰的。但是，尽管孟德斯鸠作为启蒙运动思想家，最主要的贡献在于他的《论法的精神》，可《波斯人信札》毕竟是启蒙运动时期第一部重要的文学作品，开启了理性批判的先河，起到了承前启后的作用。

《波斯人信札》很早就被介绍到中国。先是由林琴南以《鱼雁抉微》为名译成汉语，1958年有罗大冈先生的译本问世。拙译参考了罗本，并继承了其中的某些传神之笔。译本根据的原版为Librairie Générale Française的版本。"序言""原注"和"评论"系乔治·居斯多夫所作，译者对"评论"作了删节。此译本得以出版，还得到Guidurandin教授、Jean-Lucdescamps先生、Andrée Berjaoui夫人、Maurice Gauthier先生和Louis Depagne先生的大力帮助，提供插图和资料，译者在此表示衷心的感谢。

2005年5月25日于中山大学康乐园

乔治·桑《威尼斯女歌手》译者前言

《威尼斯女歌手》是法国和世界杰出女作家乔治·桑（1804—1876）的一部广为人知的作品，但这部长篇小说直至20世纪才引起人们瞩目，并被评论家推崇为她的代表作。

这是一部讴歌真情的教育小说。女主人公康素爱萝出身微贱，靠勤奋而成为饮誉欧洲的歌剧演唱者。她正直善良而又机智勇敢，充满爱心更无私无畏，蔑视王侯的淫威、世俗的偏见、虚伪的道德、金钱的诱惑和庸俗的虚荣，可以说是"以至诚为道，以至仁为德"（苏轼）。她的诚、她的仁贯穿于整个生活，表现在对待任何人的态度上。作者让康素爱萝在追求真正的爱情和追求真正的艺术的矛盾中表现其性格和品质，用爱——对艺术、对恩师、对未婚夫、对朋友，乃至对曾经侮辱、伤害她而后来处于困境中的人的爱加以考验，使之升华，并通过曲折的事件予以发展、充实、丰富，使她如纯洁的荷花，出淤泥而不染，如晶莹的宝石，在黑暗中更加光彩照人。小说情节跌宕起伏，惊心动魄，令人屏声息气地关怀、同情女主人公的命运，为她焦虑、不安、惋惜。与此同时，作者把康素爱萝的遭遇放置于18世纪欧洲的政治格局、风俗世态、宗教思想的更广阔的氛围中，甚至放置于16世纪以来宗教改革者与天主教的斗争以及波希米亚民族独立战争的背景下，让人看到玛丽亚·特雷西亚女皇时代的奥地利和弗雷德里克二世时代的德国的历史风貌和现实状况，于是康素爱萝的至诚至仁和博大爱心更具有深刻的内涵。

这是一部优美动人的交响乐章。这不仅因为书中描写了波尔波拉、哈思德尔、马尔切罗、海顿等音乐家，以及贡多拉水手、兹丹科、伐木工人、多瑙河老船夫这些民间歌手，阐发了对音乐的深邃见解，这些覃思妙理令人领略到音乐的真谛，还因为书中每个事件、每个人物都与音乐联系在一起。如果说事件是这部小说的纬，音乐便是经；人物是小说的血肉，音乐便是人物的灵魂。一首首动人的乐曲，唱出了威尼斯的春光融融、月色清朗，唱出了恐怖石山下岩洞的愁惨、亡灵的呼喊，唱出了波埃姆-瓦尔德山脉的葱葱郁郁，唱出了多瑙河的旖旎风光。"乐也者，郁于中而泄于外也。"（韩愈）阿尔伯特以提琴奏出了自己深沉的爱，青年海顿谱写出纯洁的友谊之歌，而康素爱萝的歌声更是随着生活遭遇的变化，表达了自己的愉悦、忧郁、激情和迷惘。在阅读这部小说时，我们时时都听到乐声，或欢乐，或哀婉，或激越，或悲怆，但都感人心脾，荡气回肠。

这是一幅色彩斑斓的画卷。作者善于用颜色和光线的对比，描绘人物，渲染背景，烘托气氛，表达情绪。威尼斯的明媚、温暖与鲁道斯塔特府堡的阴沉、凄凉凸现了外部环境在女主人公感情上折射的反差。阿尔伯特和康素爱萝、安佐莱托和科里拉这两组人物的形象，向人们展现出真与伪、善与恶、美与丑、崇高与卑劣的明显对照。当然，每组人物又同中有异：同样对受难者的同情，同样对纯真爱情的追求，同样对苛政暴虐的不满，作者在描绘阿尔伯特时用的是冷色调，让他在冷峻而深沉的外表下包含一颗炽烈的心，并用大笔泼墨的手法,表现他通过痛苦的沉思和理解的审视,达到对世界的认识;而对康素爱萝则采用暖色调,热情开朗,心慈好善,作者以女性的细腻感情,精雕细刻地描绘出女主人公通过自己的出身和不幸经历,从感性上认知这个世界的心路历程。安佐莱托和科里拉两人同样是自私、虚伪、贪婪、虚荣,但作者以漫画的手法,勾勒出安佐莱托的流氓嘴脸,而对科里拉的刁钻泼辣,则笔触中尚带有一丝同情。至于鲁道斯塔特老伯爵的理智开明、非发愿修女的善良而带贵族偏见、弗里德里克的凶狠刻毒、玛丽亚-特雷西亚的专制蛮横、霍蒂兹伯爵的庸俗无聊,虽然着墨不多,也都跃然纸上。特别是波尔波拉的形象,从他的目光、表情、姿态、身影,看出了他严肃正派,穷困潦倒,愤世嫉俗,固执己见,令人既恼恨他破坏了康素爱萝的幸福,又为他洒一掬同情之泪。

但是这部小说在写到康素爱萝离开鲁道斯塔特家直至全书结局,似乎显得有些枝蔓。出现了许多人物,对他们的命运一一作了交代,唯独再也见不到阿尔伯特和安佐莱托;描述了许多事件,唯独鲁道斯塔特一家杳无音讯,男女主人公的联系只剩下一线游丝;霍蒂兹伯爵庄园的游园会和弗雷德里克国王的微服出行有点节外生枝,而阿尔伯特之死和弥留之际与康素爱萝的婚礼则显得仓促突然,令人产生作者感到小说显得拖沓,只好匆匆收场的印象。不过,这不是作者笔力有所不逮,而是因为这部作品是在1842—1843年间发表于《独立杂志》,原先作者只打算写一部中篇小说,仅写到康素爱萝因安佐莱托的负心而离开威尼斯为止。然而小说发表后,受到热烈欢迎,读者想了解康素爱萝的命运,于是作者便继续铺陈开来,从威尼斯延伸到波希米亚,到维也纳,到摩拉维亚,最后又匆匆返回鲁道斯塔特府堡。正如作者自己所说的，她创作素来缺乏计划，不免信笔写来，又为了应付每期的连载，全书脱稿后，没有时间仔细修改，结果留下了素材堆砌过多的遗憾。然而这只是白璧微瑕而已，当我们译完此书时，脑中浮现的是一幅幅极富现实感而又闪烁着浪漫主义绚烂光彩的瑰丽画卷，耳边响起的是一篇篇寄托着无限深情的悠扬乐章，眼前出现的是作者用心血塑造的一个个人物，于是我们掩卷沉思、遐想、希望……

1996年10月于中山大学康乐园

瑟加兰的《碑林集》与中国文化

维克多·瑟加兰（1878—1919）是法国当代诗人、汉学家、考古学者，曾三次来华，前后逗留约六年余。他一生的事业与成就几乎都与中国联系在一起。他的作品，除早期的《远古人》外，都以中国为题材，其中最重要的有《天子》《碑林集》《勒内·莱斯》《想象集》等。中国读者对于被某些法国文学评论家誉为"中国的诗人"的瑟加兰比较陌生，因为他的作品还没有翻译到中国来。然而在法国，由于中国国际地位不断提升，中国古老的文化日益受到人们的重视，所以从60年代起，人们开始"重新发现"了这个曾经被湮没的诗人。他的作品越来越引起读者的兴趣，一些杂志出版了瑟加兰专号。我国近年来也开始了对瑟加兰的研究。1983年在武汉大学召开关于法国诗人维·瑟加兰和圣琼-佩斯的学术讨论会，法国也有专家参加。本文准备就瑟加兰最著名的诗集《碑林集》与中国的文化之间的关系作一些探讨。

一

《碑林集》出版于1912年，共收诗64首。第一个版本是瑟加兰亲自设计的，仿照中国佛经的装帧形式，经折装，前后粘以木板书面，黄丝标带，只印81份，不供出售。诗篇按中国碑碣不同朝向的不同含义，分为南向碑、北向碑、东向碑、西向碑、中碑、路边碑等几组。每首诗的右上角都有几个汉字（姑称之为"汉字题铭"），给我们提供了探索该诗思想内容的一把钥匙，起了画龙点睛的作用。全书前面冠以"古今碑录"四字中文。瑟加兰在"序言"中还介绍了中国碑碣的形状、历史、作用、朝向的含义以及碑碣字体的嬗演。

　　《碑林集》给我们最深刻的印象，便是中国的文化与瑟加兰的思想通过诗的形式而融合在一起。《碑林集》大部分诗篇的内容或汉字题铭都可从中国的经集史书以及其他一些作品中找到出处，即使有的诗没有确切的出处，但也是根据中国的某种思想而用诗的语言表达出来。有的诗篇则是对中国风物的描绘。瑟加兰对中国的文字有较高的造诣，对中国的文化也有较深的了解。中国古代的文化给诗人展示了驰骋想象的广阔领域，为诗人的思想提供了丰富的土壤，而诗人则在中国的文化和"多样化"的事物中寄托着自己的感情、向往和美学的追求。瑟加兰说过："从艺术手法的高低来看，更高一档的方法是通过即时的但持续不断的移情（着重号为引者所加）来表达自己心目中的回声，而不是直截了当地说出来，难道不是这样吗？"[①]这种"移情"（用布依埃的说法，就是"情感同化"）手法，使瑟加兰得以通过中国的素材表达自己的思想，或者借中国的风物，抒发个人的情怀，从而使瑟加兰把自己的哲学观、道德观、审美观跟中国的思想、文化不露痕迹地融合在《碑林集》

---

① 《论异国风物爱好笔记》，转引良亨利·布利埃《〈想象集〉序言》，林秀清译，《法国研究》1983年第2期，第37页。

所描述的中国的人物景事之中。

二

中国文化与瑟加兰思想的融合大体表现为三个方面。

一、以中国古代的文化为素材,阐发个人的思想。《碑林集》的大部分诗篇是通过中国古书的某些话、中国历史上的某件事,或者中国的某种观念来阐发诗人的思想。有人统计[①],在64首《碑》诗中,有确切出处的占32首,它们来自《诗经》《礼记》《论语》《道德经》《史记》《汉书》等等。这个数字可能还不完全,因为有的出处比较偏僻,如《指月录》。可见《碑》诗的素材大部分来自中国古代的文化。但瑟加兰在运用这些素材时有各种不同的情况:

1. 诗的内容基本与中文资料相同,但表达得更为优美。

中国古人高度赞扬玉的各种品质("瑕而不掩,折而不伤",管子《侈靡》),把玉视为高尚品德的象征("玉者,德美之至也",《论语·阳货》郑注)。所以《礼记》说:"古之君子必佩玉……进则揖之,退则扬之。"瑟加兰的《玉颂》一诗同样歌颂了玉的品质。试译如下:

> 君子轻璞而重润滑的纯玉,
> 不是因为玉稀有而璞常见。

---

① 杨建钢:《略论瑟加兰在〈碑林集〉中对汉语资料的运用》,"法国诗人维·瑟加兰和圣琼-佩斯学术讨论会"材料。

须知它贵在柔滑但又坚贞,
玉纹细密坚韧是明智的表现。
玉象征正义,虽有棱不伤人,
它彬彬有礼,欠身垂地,
当你把它佩在腰间。
玉声悦耳悠扬,戛然而止,
余音袅袅在你的耳边。
玉有真诚的品德,
瑕不掩瑜,光彩也不把瑕疵遮掩。
只有玉能够洁身独处,
犹如君子的美德,
无需任何打扮装点。
赞颂玉就是赞颂美德。

《玉颂》的内容来源于《礼记·聘义》的一段话:"子贡问于孔子曰:敢问君子贵玉而贱碈者何也?为玉之寡而碈之多与?孔子曰:非为碈之多故贱之也,玉之寡故贵之也。夫昔者君子比德于玉焉:温润而泽,仁也;缜密以栗,知也;廉而不刿,义也;垂之如队,礼也;叩之其声清越以长,其终诎然,乐也;瑕不掩瑜,瑜不掩瑕,忠也;孚尹旁达,信也;气如白虹,天也;精神见于山川,地也;圭璋特达,德也;天下莫不贵者,道也。诗云:言念君子,温其如玉,故君子贵之也。"通过比较,我们不难看出,《玉颂》一诗虽然基本上是对孔子这段话的阐发,但孔子的话多少带有师长教育弟子的严肃口吻,而且有些比喻也显得牵强;而瑟加兰则是以诗的语言,描述了从触觉、视觉、听觉所感知的玉的特性,并把玉拟人化,说明玉的品质,进而把玉与君子之德相比,最后得出结论:"赞颂玉就是赞颂美德",形象鲜明,因而更有感人的力量。

2. 诗的内容虽有所本,但诗人从中文资料中超脱出来,作了自己的解释。

《镜子》一诗的汉字题铭为"人以铜为镜,人以古为镜,人以人为镜",典出于唐太宗在魏征去世时对近侍说的话:"夫以铜为镜,可以正衣冠;以古为镜,可以知兴替;以人为镜,可以明得失。"(《贞观政要》卷二)唐太宗这句话的原意是三种"镜子"有三种作用,而这三种"镜子"对任何人都是适用的。但瑟加兰则把"人"分为三种:Ts'aï yu, le conseiller(军机大臣)和je(我)。Ts'aï yu是瑟加兰虚构的人物,他在描写光绪皇帝的小说《天子》中说这两个字是"彩玉"的译音,彩玉是庆亲王的侄女、慈禧的女侍,光绪曾多次为她赋诗。可见瑟加兰认为三种不同的人要用三种不同的"镜子":女子为了美容,所以要揽镜自照;军机大臣为了运筹谋划,所以要借鉴历史;"我没有冠弁珠玉,也没有功名要图,我只从朝夕过从的朋友身上观察自己,来处理我个人的生活"。唐太宗的话对为政者固是箴言,对个人立身处世也完全适用,而《镜子》一诗对唐太宗的话所作的解释,比原文的思想显得狭窄了些,因为瑟加兰只强调友谊的作用,认为友谊"胜过铜镜和古籍,可以告诉我今日所要遵循的美德"。然而也正因此,使该诗具有了新意。同样的主题和素材,不同的人可以从不同的角度做出不同的文章,这一点,在《碑林集》中表现得很突出。

3. 诗的前半部分本于某一典故,而在后半部分,甚至最后一二句话，发表个人的看法，抒发个人的感情，使全诗出现新的意境，让人去联想、回味。鲁阳援戈返日是战国时代的传说："鲁阳公与韩构难，战酣，日暮，援戈而挥之，日为之反三舍。"（《淮南子·览冥训》）瑟加兰在《给太阳的命令》中通过这一传说，进一步加以发挥：

  啊！无法抑制的欢乐！且让我指挥我的太阳再把黎明给我，我要尽享今日的幸福。
  咳！太阳从我颤抖的手指间溜走。它害怕你啊，欢乐。它逃走了！它躲藏起来，一块乌云把它紧紧抓住、吞没。
  于是在我整个心中升起了漆黑的夜幕。

李白在《日出入行》中曾以发问的形式否定这一传说，他说："鲁阳何德，驻景挥戈？"而瑟加兰则以生动的想象和细腻的心理描绘写出了鲁阳的感情变化。当他以为太阳会服从命令时，他心中洋溢着"无法抑制的欢乐"。他的手指因欢乐而"颤抖"，但是太阳并没有停止下来。于是他认为太阳因害怕欢乐而逃走，躲藏起来。这时鲁阳身外的黑夜与心中的黑夜交织在一起，深刻地反映出鲁阳的失望心情。瑟加兰就是这样把中国简简单单的一个素材经过艺术加工而成为一首优美的诗。

《蹩脚的工匠》也是如此。有人已经谈到[①]该诗基本上译自或

[①] 杨建钢：《略论瑟加兰在〈碑林集〉中对汉语资料的运用》，"法国诗人维·瑟加兰和圣琼-佩斯学术讨论会"材料。

改写自《诗经·大东》的如下诗句:"跂彼织女,终日七襄,虽则七襄,不成报章""睆彼牵牛,不以服箱""有捄天毕,载施之行""维南有箕,不可以簸扬""维北有斗,不可以挹酒浆",并指出《大东》篇的诗句是对"有名无实"的"织女""牵牛""天毕""箕斗"诸星的针砭,而法文诗结尾"诗人说:它们在闪闪发光"一句"超越了汉语《诗经》的原文,表达了诗人积郁内心的思想,同时也点出了全诗的灵魂,开拓了全诗的新意境"。但这"积郁内心的思想""诗的灵魂""新意境"是什么,文中没有说明。其实应当把最后两句联系起来分析,这样我们便会看到"诗人说:它们在闪闪发光"是针对前一句"地上的工匠指责天上的工匠欺世而无用"而发的。织女、牵牛、天毕、箕斗诸星的名字寄托着人们美丽的想象和丰富的联想,是虚幻的;而发光则是这些星本身的特性,是现实的。想象是在现实的基础上产生的。根据瑟加兰的美学观点,事物的美就在于想象与现实的结合,因此要从现实出发去追求想象。可见只有把诸星的闪闪发光与人们所寄托的想象结合在一起,才能给人以美的感受,如果以想象来取代现实,甚至进而指责现实事物不符合这种想象,那就谈不上什么文学艺术的美了。如果这种看法可以成立的话,那么是否可以说这最后两句话所反映的该诗的"思想""灵魂""新意境"就在这里呢?

4. 诗的内容与所本之事关系并不十分密切,诗人只是借题发挥而已。咸池、大渊、承云是中国古代的三首乐章,或说是黄帝之乐,或说是尧乐。咸池又是湖名("日出于阳谷,浴于咸池",《淮南子》),《三首远古的颂歌》虽然分别有"作咸池之乐""作大渊之乐""作承云之乐"的汉字题铭,但诗中所写的却是诗人面对湖泊、深渊、乌云所引起的翩跹浮想。诗人假托皇帝之口,说他听到咸池"震响着十二种和谐的声音",于是便铸造了十二口奏出这些声音的大钟;他希望人们随着他的节拍,"在威力无边的天帝庇荫下齐声应和"。在诗人笔下,"流动的咸池,倒映的天空,悦耳的乐钟",动中有静,幽中闻乐,笼罩着一片肃穆虔敬的气氛。然而面对深渊,他看到的则是"黄泉的黑夜,幽灵的帝国",于是他战栗,"感到自己在往下坠落"。当他仰望天空的乌云时,他想到这是天帝思想的体现:"有的饱含同情,充满雨水;有的翻滚着焦虑、惩罚和阴沉的怒火",然而不管是"沐甘霖之恩",还是"受霁霈之苦",这都是"皇天的意图"。这样,三首小诗分别以"虔敬""恐惧""感恩"这三种思想谱成了一首统一的乐章,表现了中国古代人们对神明的礼赞。至于《出发》一诗则是取材于穆天子的故事。然而在诗中,并没有怎么谈到周穆王驾八骏游西域会西王母一事,诗人只是借这一传说抒发个人的感情,把"世界中心的帝国"与"神奇美妙的西方"加以比较:东方是"四海中央的大陆",西方是"穿云而出的群山";一边是"与世隔绝的生活,适宜于正义、幸福、循规蹈矩的生活",一边则是"一切都不可思议,一切都意想不到";这里是"人们按各自的地位起立、躬身、互相致礼",那里则是"没有一个理智的人敢于冒险前往";然而"穆王的心"正是向往着那神奇美妙的西方,"他正想到那里去"。如果说,《三首远古的颂歌》是瑟加兰从正面抒发自己对中华民族古老文明的探索,那么《出发》一诗则是假借穆王对西域仙境的憧憬,从反面流露出瑟加兰对东方古国的向往,因为对瑟加兰来说,具有古老文明的中国,就像穆王心目中的西方一样,也是一个神奇美妙的国度。《碑林集》不少诗篇哲理性较强，而在这两首诗里，瑟加兰把自己的思想感情挹注在所借用的中国素材之中，想象丰富，诗意浓郁隽永。

5．对汉语资料反其意而用之。《一个西方童贞女赞》一开头便说："一个西方童贞女的确怀孕了，这并不悖情理。"然后便以姜嫄践巨人之迹有孕而生后稷这一中国古代传说为证。但是瑟加兰真的是用中国的这一传说来肯定圣母马利亚没有结婚便生下耶稣这个不经之谈吗？不。瑟加兰在介绍了大鸟如何保护这个被姜嫄视为不祥，初欲弃之的小孩后，写道："哲人说：一切奇异的人均生于奇异的命运"，"奇人之生，与众不同，难道我会感到惊讶？"最后又重复一句："一个西方童贞女的确怀孕了，这并不悖情理。"这样我们不难看出，瑟加兰运用这个传说，并不是以此肯定耶稣诞生的神迹，而是反其意而用之，以讽刺的手法借用一个无稽的传说，来反驳另一个无稽的传说。至于《摩尼教徒之流》则是一首近乎漫画式的讽刺诗。摩尼教是波斯人摩尼于公元3世纪创立的宗教，宣传善恶二元论。公元7世纪末传入中国，后被严禁。诗人用漫画的手法勾勒出摩尼教徒言行不一的面孔，以此来批判其二元论的虚伪性。该诗的汉字题铭"以香为信"，典出《指月录》："摩拏罗尊者传法至西印度，焚香遥语月支国鹤勒那比丘。时鹤勒那为彼国王室印说修多罗偈，忽睹异香成穟，曰：西印土摩拏尊者将至，此信香也。"信香是为了传递信息，但瑟加兰在诗中却说摩尼教徒"即使他们之间不使用魔香，闻到他们的味道便可认得他们"。不必"以香为信"，听其言，观其行，便可以知道摩尼教徒是些什么样的人了。诗人把汉字题铭用于相反的意思而表现在诗中。

二、《碑林集》中有些诗虽不是本于某句话、某件事，却是根据中国的某种思想而用另一些词语、另一种形象加以引申，也就是说，诗中的思想是从中国的某一思想脱出的。

在《愿望之碑》中，针对人们用目光估量那无法攀登的"高耸的山峰"，想行走于延伸脚下的"蜿蜒的道路"，在心中出神地凝视着所热恋的"纯洁的少女"，诗人指出如何满足这些愿望呢？那就是"诉之于虚愿"，因为这座山陵、这条道路、这个少女，都是"虚愿"把它们置于你眼前的。从这首诗中，我们不难看出老子的"无为"思想。老子主张用"无为"来处事（"处无为之事"，《道经》第二章），因为万物都是受"道"支配的，而"道"经常没有什么作为，又没有什么不是它的作为（"道恒无为，而无不为"），如果遵守它，万物都将自然变化（"万物将自化"，《道经》第三十七章），既然无为而无不为，那么"诉之于虚愿"也就可以满足一切愿望了。

瑟加兰在《碑林集》中经常把一些对立的、相反的事物，或者本来不能并存的概念放在一起表示某种思想。例如："注意未曾说过之事，服从没有颁布之令，跪拜尚不存在之物。我以我的欢乐、我的生命和虔诚之心宣告没有年份的朝代，没有帝位的皇朝，没有人的名字，没有名字的人。"（《没有朝代的标记》）这种手法特别表现在《对善于旅游者的建议》中。在这首诗里，道路尽端的城市与延伸城市的道路、阻挡视线的山陵与一览无遗的平川、寂静与声音、孤身与人群，彼此对照，组成了一个统一的世界，那就是"多样化的大川"。布依埃指出，这种手法"可以使人欣赏两种截然相反或不同的现实事物之间的沟通或破裂"①。这里，我们不免又想起了老子。老子很喜欢以一组矛盾对立的概念来说明某种哲理："有无相生，难易相成，长短相形，高下相盈，音声相和，前后相随。"（《道经》第二章）"曲则全，枉则正，洼则盈，敝则新，少则得，多则惑。"（《道经》第二十七章）这种例子在《道德经》中是很多的。通过多样化，用不同的人或物进行对比，在形形色色的差异中来表现客观世界的美，这是瑟加兰美学思想的一个重要部分；而老子则是从他朴素的唯物辩证法观点出发来看待世界。我们并没有什么直接证据可以说明瑟加兰的这种美学思想直接产生于老子的哲学思想，但至少可以说，或者是老子的思想有形无形地影响了瑟加兰，或者是瑟加兰由于自己的审美观而易于接受老子的思想。总之，两人的思想显然在某些方面是相通的。这一点在《时刻》这首诗中也可以看得出来。当诗人匆匆忙忙地把他对"今日"之所知、所感刻于碑石之上时，他就"失去了"这所知、所感的"秘密和隐藏的价值"。这就是说，人的所知、所感是无法把它命定下来、记载下来的；一旦命定、记载下来，它的"价值"和"秘密"也就消失了。这种思想可以说就是从老子的"道可道，非恒（常）道；名可名，非恒（常）名"（《道经》第一章）演绎出来的，该诗的汉字题铭也证明了这一点。

三、除了以上两点之外，瑟加兰还把自己的思想感情寄托于对中国风物的描绘之中。有时他睹物生情。在《悠悠万载》中，面对因年代久远而闻名的累累荒冢、古老桥梁和坚石砌成的庙宇，他想

---

① 《论异国风物爱好笔记》，转引良亨利·布利埃《〈想象集〉序言》，林秀清译，《法国研究》，1983年第2期，第37—38页。

到"无知者""野蛮人"曾经认为这些可以万世久长,于是诗人对我们说:"你们,汉族的子孙,你们的智慧有万年之久,你们不要有这种误解。"接着诗人发出了慨叹:

> 任何不动之物都无法逃脱岁月的饿齿。牢固的东西命运并不久长。永恒并不长驻在你们的墙垣之内,而是在你们——缓慢的人们、世代延续的人们身上。

这种"节物风光不相待,桑田碧海须臾改"(卢照邻:《长安古意》)的思想,在中国历代作品中是屡见不鲜的。在《智慧之碑》中,诗人在掩藏于荆棘丛中,受虫侵泥盖的碑石上寄托了类似中国的"沟泽藏龙蛇"的思想。有时诗人以景抒怀。1911年,梅斯尼大夫在中国满洲因瘟疫病故,瑟加兰去代替他(瑟加兰曾就学于波尔多航海卫生学校,是个医生,后接替梅斯尼在天津任皇家医学院教授)而来到山海关。《雄关》一诗可能便是他对这次旅行的描绘。诗人向我们展现了这样一幅图画:通过万里长城的雉堞,放眼远眺,蒙古大草原宛如敞开着的装运赛马的车厢,骏马在广袤无垠的平原上飞驰、竞逐、腾跃、聚奔,然后四散开来。这个开阔、奔放,令人心胸豁然开朗的场面跟经历了重重险阻,登上关隘后的轻快、舒畅的心情和谐地结合在一起,诗人通过这首诗抒发了自己对中国山河风物的赞美,挹注了令人奋发乐观的感情。

三

对于瑟加兰的作品,尤其是《碑林集》,法国评论者有不同的看法。有的认为这只是中文资料的翻译、仿作、改写,也就是说,诗中只有中国,没有诗人自己。这种看法是不公允的。我们前面曾就《碑林集》中运用中文资料为素材这一点作了分析,指出存在着各种不同的情况,因此不能一概贬之为"翻译""仿作""改写"。即使某些诗篇的内容基本上与中文资料相同,其中也存在着表达的思想、表现的手法、文字的运用各方面的差异。古今中外文学史上,不同的作品题材相同的例子是很多的。我们前面把《玉颂》一诗全文译出,目的就是为了便于跟中文资料作比较,以说明彼此的异同。我们对《蹩脚的工匠》一诗的分析,也说明了由于一二句话便可给全诗创造出新的意境。瑟加兰自己说过:"……在这个中国模子中,我只是摆进了我所要表达的思想。"(1913年1月26日致Jules de Gaultier信)因此,不能因《碑林集》某些诗篇有些地方与中文资料近似便一概加以否定,而要去探索诗中所隐含的内涵。另外有的人认为瑟加兰在中国找到的只是"地点与格式"(P. J. Jauve)。地点就是多样化的中国,格式就是碑碣体。有的甚至认为《碑林集》中的中国只是一些表面的东西——玉、竹、云、湖这些"砖和瓦",因此中国在这里"归根结底只不过是一个假托、一个名义而已"[①],而隐含在诗中的思想则与中国没有关系。这种看法否定了中国的文化对瑟加兰的影响。诚然,瑟加兰说过,他"在

---

① Pierre-Jean Remy, L'exile le plus absolu…, in Stèles, Editions Gallimard, 1973, p.13.

中国，有意寻找的不是思想，不是主题，而是人们不太了解的、多样化的高雅形式"①，可事实上，在《碑林集》中，中国是无所不在的，中国的文化、思想浸透在首首碑诗中；同样，瑟加兰个人的思想也在他对中国的人物景事的描述中体现出来，两者融合成为《碑林集》的独特风格。这种风格，在法国诗人中是绝无仅有的。这一点固然说明了瑟加兰对中国文化的热爱，但我们还必须从瑟加兰的美学思想来探讨。瑟加兰认为必须通过"多样化"的道路来达到"中心"，而他在中国感受到了从"多样化"到达"中心"所需要的那种"冲击"，用他自己的话来说，即"中国的冲击"。瑟加兰在1911年给德彪西的信中说："其实，我来到这里所寻找的不是欧洲，也不是中国，而是中国的幻影。"也就是说，他要在当时风雨飘摇的中国这块现实国土上寻找他想象的、美好的东西，因为"中国是真实的国土，同时也是想象选择的领域"②。这种想象促使他在精神上与中国形形色色的事物产生"冲击""肉搏"，因为"比起别的地域，中国更突出的地方是到处具有一种无形的力量"③。这种导致他产生现实与幻影的冲击、精神与想象的肉搏的"无形的力量"，存在于中国数千年的悠久历史和灿烂辉煌的文化之中，存在于中国多样化的人物景事之中。早在17世纪，法国便有以中国为题材的文学作品，如勒尼亚尔和迪弗雷尼的喜剧《中国人》（1692年），到

---

① Pierre-Jean Remy, L'exile le plus absolu..., in Stèles, Editions Gallimard, 1973, p.11.
② 《论异国风物爱好笔记》，转引良亨利·布利埃《〈想象集〉序言》，林秀清译，《法国研究》，1983年第2期，第37页。
③ 《论异国风物爱好笔记》，转引良亨利·布利埃《〈想象集〉序言》，林秀清译，《法国研究》，1983年第2期，第38页。

了18世纪就更多了（如《中国公主》《中国奸细在欧洲》等等），其中除了伏尔泰的戏剧《中国孤儿》之外，都是出于猎奇，企图以"东方色彩""异国情调"来吸引读者和观众。然而瑟加兰不是这样，他是把自己"移情"于中国的文化和风物之中，把自己的思想与中国融合在一起，以他整个身心和热情来表现中国，而写出这著名的《碑林集》的。

更难能可贵的是，当瑟加兰于二十世纪初来到中国时，中国正处于半殖民地半封建社会。西方殖民主义者都以鄙薄、轻蔑的眼光看待这个古老的东方大国，认为中国的一切都是愚昧、落后，甚至是野蛮的。然而瑟加兰却潜心学习中国的文字，认真吸收中国的文化，积极发掘中国的文明，并满腔热情地加以宣扬、讴歌。殖民主义者无视和否定各个民族本身"多样化"的精神文明的存在价值，力图把他们侵略势力所及的一切地方都同化于西方资产阶级文明之中。然而瑟加兰却以他一生精力最充沛的时期致力于探索、发现、肯定"多样化"的中国，这样，瑟加兰在客观上便以他的创作实践批判了殖民主义。正如E.玛纳克在法中友协杂志《今日中国》1980年10月号中所指出的："他（指瑟加兰）很早就发现，殖民化拒绝多样化的世界，靠武力来统治并且加以同化，所以是无可救药的。"瑟加兰是中国人民之友。"中国的诗人"这一称号，他是当之无愧的。

流传到法国的中国谚语、警句和格言

17世纪中叶以后,欧洲人通过两个途径逐步"发现"了中国,一是贸易。中国输往欧洲的茶叶、丝绸、陶瓷等风靡欧洲大陆,中国当时的物质文明使欧洲人叹为观止。君主、贵族和豪门富户以食用茶叶、穿着丝绸、享用陶瓷、修建和装饰中国陈列室、建造中国宝塔,来炫耀其地位、财富和文明。第二,更重要的是传教士的书信、著述中对中国的介绍和他们对中国古籍的翻译,使欧洲人认识到中国悠久的历史、灿烂的文化和高度的精神文明,从而在政治、哲学、艺术、科学等许多方面受到中国的深刻影响。正如Elisseeff所说的:"当然,西方的思想发展和革新不是在中国介入的情况下才产生的,但我们可以毫不夸张地说,中国在世界现代化和自由思想之战中起了奠基人的作用。中国是处在基督教势力范围之外的,但却是政治、艺术和思想界古典文明的摇篮。"[①]1974年9月20至23日在法国尚蒂伊多学科研究中心(Centre de Recherches interdisciplines de Chantilly)举行的国际汉学讨论会上,人们普遍的看法是:在19世纪以前,中国对欧洲的影响不仅胜过欧洲对中国的影响,而且,"比多年来人们一般想象的要大得多"。法国兰斯大学校长Michel Devèse在讨论会开幕式上所作的报告,集中代表了这种看法:"在

[①] 叶理夫:《法国是如何发现中国的》,载《中国史研究动态》1981年第3期。

1800年以前，中国给予欧洲的，比她从欧洲所获得的要多得多。这种现象在当时世界上是绝无仅有的，而令人深思。"[1]不过这些论断是从政治、哲学、思想、文化、艺术等方面得出的，而在语言方面则似乎很少谈到。事实上，文化的交流要靠语言为媒介，因此这种交流也必然会反映到语言上来。本文试图从中国的谚语、警句、格言在法国的流传来探讨中法的文化交流，说明中国的文化在丰富法国的语言方面也曾经起了一定的作用。

谚语、警句和格言都是熟语。谚语是流传于民间的简练而富有意义的语句，警句是经人们传诵而流传下来的作品或演讲中的精辟言论，格言是可以作为法式的言简意赅的语句。各民族的谚语、警句和格言反映了该民族在某一时期的思想意识、道德观念、精神风貌和风俗风尚，因此具有鲜明的民族特色，属于该民族的文化宝库。然而由于文化的交流，各民族在历史上又会吸收不少外国的谚语、警句和格言，以丰富自己的语言。西欧国家许多谚语、警句、格言来自《圣经》，如：Ia bonne renommée vaut mieux que de grandes richesses.（法）/A good name is better than riches.（英）（美名胜于财富）[2]。拉丁语，如：Loin des yeux，loin du coeur.（法）/Out of signt，out of mind.（英）（人运情疏）。古希腊语，如：Les gouttes qui tombent sans cesse usent le roche.（法）/Constant dropping wears away the stone.（英）（滴水穿石）。这些已成为许多民族的共

---

[1] 《十八世纪中国文明对法国、英国和俄国的影响》，载《法国研究》1985年第2期。

[2] M. Maorux.《谚语、警句和格言辞典》，本文凡不注明出处的法文例子均来自该辞典。

同财富。法国M. Maloux的《谚语、警句和格言辞典》(*Diclionnaire des proverbes, sentences et maximes, Larousse*, 1960)搜集有译成法语的许多民族的有关材料,其中,据笔者不完全的统计,选自中国的约有380余条。本文以该辞典所收录的来自中国的谚语、警句和格言为素材,考证其出处并作粗略的分析,从而说明中国的文化为丰富法语所作的贡献。

  首先谈警句和格言。这些是法国人从中国古代著作中选出的。这些著作早在17—18世纪便传到法国。路易十四派到中国的最早的五名耶稣会士之一洪若翰(Jean de Fontaney)第一次回国时便把所带的中文图书籍存于法国王宫图书馆,但当时尚无完整的译文,中国古代哲学家的一些言论只是散见于传教士的书信和著述之中。1687年比利时耶稣会士柏应理(Philippe Couplet)发表用拉丁语写成的《中国贤哲孔子》(*Confucius, Sinarum philosophus*)一书,其中有《大学》《中庸》《论语》的一些译文。1694年,法国人A.Galland发表《东方人的名言和格言》(*Paroles remarquables et maximes des Orientaux, Paris*),笔者手头无此资料,无法了解其内容,但根据其书名,可以想象,其中即使有中国的材料,也不会太多。把《四书》《礼记》《春秋左传》《诗经》《书经》完整地译成法语的是法国耶稣会士顾赛芬(Seraphin Couvr eur)。他的这些译本至今仍有再版。至于老子的《道德经》,这部"在所有文献中最难以理解,但却是翻译得最多的一本书"[①],早期的传教士已

---

  ① *Tao të King*, traduit par Liou Kia-hway, préface d'Etiemble, Gallimard, 1967.

有零星的译述，而自1842年Stainslas Julien出版中法文对照的译本以来，又有各种法文译本。《四书》是中国儒家的经典，集中了孔孟关于修身处世乃至他们治国安邦的理论和观点；《道德经》包含着朴素的辩证法思想，揭示了许多生活的真理。所以这些著作中的不少精辟言论很自然便作为格言、警句而传入法国。在上述M. Maloux的《谚语、警句和格言辞典》中，选自《四书》的格言、警句有82条，选自《道德经》的有49条，此外还有选自《礼记》《朱子家训》的，等等。

《谚语、警句和格言辞典》中所收录的中国谚语，其来源有二：一是J. F. David译成英语的《中国谚语集》（*Chinese Proverbs*, Londres, 1822）；一是法国外方传教会教士童大猷（Paul Hubert Perny）1869年出版的《中国谚语集》（*Proverbes chinois recuillis et mis en ordre*），他是把中国谚语译成法语的第一个法国人。

《谚语、警句和格言辞典》中所收录的中国的材料，包含有丰富的内容。

为政之道：Le gouvernemet, c'est ce qui est juste et droit. Si vous gouvernez avec justice et droiture, qui oserait ne pas être juste et droit?（政者，正也。子帅以正，孰敢不正？）①Si les palais sont très brillants, les greniers sont très vides.（朝甚除，仓甚虚。）②

和平非战：Les armes sont des instruments néfastes.（夫唯兵者不祥之器。）③Les princes qui ont fait le plus de victoires sont ceux contre

---

① 《论语·颜渊》。
② 老子：《道德经》，第五十三章。
③ 老子：《道德经》，第三十一章。

qui personne n'a jamais cus faire la guerre. (谁都不敢向他进攻的君主是取得最大胜利的君主。)

仁义道德：Qui veut etre riche ne sera pas bon；qui veut etre bon ne sera pas riche. (为富不仁矣，为仁不富矣。)① Etre riche et honoré par des moyens iniques，c'est comme le nuage flottant qui passe. (不义而富且贵于我如浮云。)②

思想修养：L'homme supérieur ne murmure pas contre le ciel et ne se plaint pas des autres. (君子不怨天不尤人。) ③Ce n'est qu'avec les yeux des autres que I'on peut bien voir ses défauts. (只有通过别人的眼睛，才能看清自己的缺点。)

立身为人：On peut se préserver des calamités envoyées par le ciel, mais non de celles que I'on s'est attirées. (天作孽犹可违，自作孽不可活。)④ Si le corps est droit，il n'importe que I'ombre soit tortue. (身正不怕影斜。)

学习工作：Savoir que ce que I'on sait et que ce que I'on ne sait pas，voilà le vrai savoir. (知之为知之，不知为不知，是知也。) ⑤Celui qui vise à la perfection sera au-dessus de la médiocreté；mais celui qui vise à la médiocreté tombera plus bas encore. (取法乎上，方得其中；取法乎中，适得其下。)

友谊团结：On connaît une bonne source dans la sécheresse，et un

---

① 《孟子·滕文公》。
② 《论语·述而》。
③④ 《孟子·公孙丑》。
⑤ 《论语·为政》。

bon ami dans l'adversitè.（干旱知甘泉，患难见真交。）Quand les frères travaillent ensemble, les montagnes se changent en or.（兄弟一条心，黄土变成金。）

针砭错误：Les profits injustes sont comme la fausse monnaie, plus on a, plus on risque.（不义之利如假币，越多越危险。）Prétendre contenter ses désirs par s la possession, c'est compter que l'on étouffera le feu avec la paille.（欲以占有来满足欲望，就是指望用干草来灭火。）

对待生活：Il y a une sanction pour le bien et le mal; si elle tarde c'est que l'heure n'est pas venue.（善有善报，恶有恶报，不是不报，时候未到。）Le bonheur nait du malheur, le malheur est caché au seins du bonheur.（祸兮福之所倚，福兮祸之所伏。）①

至于总结生活经验的就更多了：Plus la gingembre et la cannelle sont vieux, Plus il sont mordant au goût.（姜是越老越辣。）Verser de l'eau froide dans le pot qui bout ne vaut pas retirer le bois du foyor.（止沸不如抽薪。）La mauvaise herbe, vous ne devez pas la couper, mais la déraciner.（斩草必须除根。）Il est facile d'esquiver la lance, mais non l'ēpēe cachée.（明枪易躲，暗箭难防。）Derrière un homme capable il y a toujours un hoome capable.（能人背后有能人。）等等。

中国的熟语在译成法语时，有时有些改变。这有几种情形：一是变换形象。例如"一个和尚挑水吃，两个和尚抬水吃，三个和尚没水吃"，是以和尚打水，譬喻人越多，越互相推诿。由于

---

① 老子：《道德经》，第十章。

"和尚"在法国不多见,所以译成法语时,便把谚语改成:Un serviteur, deux seaux d'eau à la maison; deux serviteurs, un seau d'eau à la maison; trois serviteurs, pas de seau d'eau.(一个用人两桶水,两个用人一桶水,三个用人没水吃。)二是改变结构。"各人自扫门前雪,休管他人瓦上霜。"这原是并列的两句话,而法语却译成表示时间先后的主从关系:Balayer la neige devant votre porte avant de faire des plaintes sur le gel qui recouvre le toit de votre voisin.由于结构的改变,意思变成"先扫自己门前雪,再管他人瓦上霜"了。三是法语对中国的谚语、警句和格言作了完全不同的解释。"在山泉水清,出山泉水浊。(L'eau d'une source de montagne perd sa limpidité dès qu'elle devient vagabonde.)这两句话出于杜甫的《佳人诗》[①],本指隐士沽名钓誉,自命清高,一旦出仕便鲜廉寡耻,然而法语却解释为"女子离家便不贞淑",这可能是译者的附会。

当然,收录于《谚语、警句和格言辞典》的380余条来自中国的熟语,现在并非都已经为法国所接受,成为法语中的谚语。然而其中一些的确已经为法语所吸收。例如:Imprudent creuse un puit quand il a soif.(勿临渴掘井。)L'homme qui ne sait pas sourire n'ouvre pas une boutique.(绷着脸的人开不了店。)有的法国谚语虽然不是直接译自中文,但却是根据中国的谚语、警句而演变出来的。例如法国谚语Les plus hautes tours commencent à terre(最高的塔,始于泥土)便是来源于《道德经》的一句话:"合抱之木,出于毫末;九层之台,起于垒土。"(Un grand arbre est né d'une graine menue;

[①] 杜甫:《杜工部集》。

une tour de neuf étages est partie d'une poignée de terre.）中国谚语"偶然的机会胜过选定的时机",译成法语是:Le moment donné par le hasard vaut mieux que le moment choisi.根据这一译文,产生了法国谚语:Le hasard vaut mieux que le rendex-vous.（巧遇胜过约会。）Un ami est long à trouver et prompt à perdre（朋友难得而易失）这个法国谚语,则是根据中国谚语"一年难交一友,顷刻容易失去"的法文译文（On peut difficilement se faire un ami en un an, on peut aisément le perdre en une heure）而产生的变体。至于法国著名的谚语Il faut reculer pour mieux sauter（应以退为进）,据M. Maroux的考证,是从En toute affaire, reculez d'un pas et vous aurez avantage演变来的,而后者则是汉语"凡事退一步海阔天空"的意译,不过法国谚语与中国原文的意思已经相去甚远了。

有的中国谚语、警句、格言与法国原有的谚语意思相同或者相近,因此在介绍到法国后,也就易于为法国人所接受。如法国谚语Qui cherche trouve（有志者事竟成）在古希腊悲剧家索福克勒斯的《俄狄浦斯王》或者《圣经·马太福音》中都可以找到来源,而孟子的"求则得之"[①]译成法语为Cherchez et vous trouverez,彼此意思基本相同。《道德经》的"知足者富",法语译为Qui se contente est riche,它与法国谚语Contentement passe richese意思也一样。

探讨中国谚语、警句、格言在法国的流传,使我们看到中法文化交流的一个侧面,我们为中国文化给法国语言增添了几束小

---

① 《孟子·尽心》。

小的鲜花而感到高兴。然而正如鲁迅先生所指出的："谚语固然好像一时代一国民的意思的结晶，但其实却不过是一部分人的意思。……某一种人，一定只有这某一种人的思想和眼光，不能越出他本阶级以外。"至于警句和格言则更是如此。中国古籍中既有精华，也有糟粕；谚语中也有不少封建落后的思想内容，何况在这项文化交流工作中，都是处在那时代的法国人，翻译、选择和介绍那时代的中国谚语、警句和格言，因此更免不了有许多错误的或不健康的内容。如：Le ciel n'a pas deux soleils, le peuple n'a pas deux souverains（天无二日，民无二主）、On peut forcer le peuple à suivre les principes de la justice et de la raison, on ne peut pas le forcer à les comprendre（民可使由之，不可使知之）、Le dragon engendre un dragon et le phénix un phénix（龙生龙，凤生凤）、Un cheval ne devient pas gros sans manger la nuit; un homme ne devient pas riche sans gains équivoques（马无夜食不肥，人无外财不富）、Le bon fer n'est pas employé pour faire des clous; un homme de bien ne se fait pas soldat（好铁不打钉，好男不当兵）等。列宁说过：谚语是"研究我们时代的人民心理的非常必需而重要的材料"。因此把我国当代富有健康的思想内容的谚语、警句、格言介绍到法国去，以传播我中华民族在社会主义建设中所表现出来的精神文明，是我们法语工作者的光荣任务之一。

于无声处听惊雷

——拉布吕耶尔《品格论》译者序

文学史上不乏这样的例子：一个作家一生只写了一本书，可就是这本书为世界文学献上一束永不凋谢的鲜花，奠定了作者在文学史上的地位。拉布吕耶尔的《品格论》就是这样一本书。

拉布吕耶尔的《品格论》由三个部分组成：一是拉布吕耶尔翻译的希腊作家泰奥弗拉斯托斯的《品格论》；二是拉布吕耶尔自己的《品格论或当代风俗论》；三是拉布吕耶尔在法兰西学院新院士入院典礼的演讲，该书于1688年出版，当年就出了3版，到1696年拉布吕耶尔去世短短8年内一共出了9版，每次再版，作者都有修改与增删，第九版的篇幅是第一版的三倍，而拉布吕耶尔本人也因这本书在1693年当选为法兰西学院院士，跨入了代表法国最高水平的学术殿堂。夏多布里昂称赞他是"路易十四时代最杰出的作家之一。没有一个人的文笔比他更加丰富多彩"（《基督教真谛》）。事实上，在拉布吕耶尔之前和在他同时代不乏描述品格和风俗的作家，为什么他取得这样辉煌的成功呢？这主要因为他的《品格论》有这样一些特色：

1. 以逼真的肖像描绘品格。拉布吕耶尔对上自宫廷、下至街里的各色人等的肖像作了惟妙惟肖的描绘，他"向我们展示的他那时代的风俗画,从总体而言,是我们所掌握的最准确、最完整的画卷"(P. 莫里欧《拉布吕耶尔》)。他用尖刻的讽刺、深入的剖析,鞭挞社会上存在的各种风俗、人的各种品格和生活中的各种恶习:傲慢、贪婪、自私、伪善、虚荣、自大……从而使该书具有普遍而永远的意义,所以伏尔泰称赞"由于书中的一些内容存在于任何时代、任何地点,因此可以相信它不会被人遗忘"。作者把笔锋指向王公世族、达官贵人、商人市民、官员税吏、作家诗人,他的描绘是如此真实,以至于人们会认为这就是自己身边所熟悉的某个人,甚至以为作者影射的就是自己。"于是这本书带给作者的除了掌声、赞誉、名望之外,还有非议、污蔑、攻讦。其实,拉布吕耶尔画的这些肖像虽然往往有所本,但并不是单纯的影射,而是如同作者自己所说的,"从张三那里拿来某种特征,从李四那里拿来另一种,然后用这些可以适用于同一个人的各种特征,我画了逼真的图像……向他们指出应该避免的缺点和可以效法的榜样",这就有点接近现实主义的典型环境的典型性格了。

2. 以细腻的笔法剖析品格。拉布吕耶尔具有伦理学家的敏锐目光,洞察人性世情,他以犀利的笔触,"着力揭发人们在遇到钟情与眷恋的事物时屡见不鲜的虚假和可笑现象"(拉布吕耶尔)。书中充满对各种细微的心理活动入木三分的分析,例如作者指出:"人们装腔作势地谈论与他们有关的事情,他们只承认自己的一些小缺点,而且还要是能够令人想象出自己身上存在着突出才干或优越品质的缺点;人们抱怨自己记忆力不好,但却满意自己的感觉敏锐和判断正确;人们接受别人指责自己心不在焉和胡思乱想,仿佛认为他作为才子理应如此;人们说自己笨手笨脚,两手什么也不能干,但却十分欣然自慰,因为自己虽然缺少这些小本事却有敏于思的才干,或者众人皆知的心灵天赋;人们承认自己懒惰,但使用的词语总是意味着自己心底无私和没有野心;人们对自己的不洁不感到羞愧,因为这只是小节上的疏忽而且还似乎意味着自己只专注于宏大和实质性的事情。"看了这番话我们不觉得社会上这种现象比比皆是而自己或多或少也存在类似的缺点吗?

3. 以相互的比较来鉴别品格。拉布吕耶尔在揭示某种品格的同时,十分注意把这种品格与相接近的另一种或二三种品格放在一起比较。例如他比较"嫉妒""竞争"和"羡慕"之间的异同,指出嫉妒和竞争的对象是统一的,那就是"别人的善良与才德",而不同之处就在于"竞争是一种有意识的、勇敢的、诚信的情操,它使人的心灵丰富多姿,从伟大的范例中汲取教益,并往往把它提高到它所景仰的事物之上;而嫉妒则相反,是一种强烈的冲动,仿佛是对才德的一种无法自制的被迫的承认;它甚至会否定它所嫉妒的对象的美德,或者虽然不得不承认这种美德,却拒不给以赞扬"。在剖析了"嫉妒"的实质之后,作者指出其危害:"嫉妒是一种不会结果的欲望,它使人故步自封、自满自足,一心只有自己的声誉,对别人的行动或者作品冷漠无情;看到世上除了自己这样的人才外还有别的人才,或者别人拥有跟他引以为荣的才干完全相同的才干而感到惊讶。这是一种可耻的恶习,这种恶习的膨胀,总是使受嫉妒之害的人陷于虚荣和自负而不能自拔。"接着作者辨析了嫉妒与羡慕的不同,然后指出嫉妒、羡慕和竞争往往会在什么样的人之间产生:"竞争和嫉妒几乎只在从事同一行业、具有同样才干、身份地位相同的人之间发生。"而"羡慕与嫉妒在同一问题上总是联合在一起而且相互促进，它们之间的区别只在于一者针对人，一者针对身份和地位"。又比如他指出："假谦虚是对虚荣的最后一道涂饰，它使得虚荣者不显得虚荣，相反以跟他本性具有的恶习相反的美德来表现自己：假谦虚是一个谎言。假荣誉是虚荣的暗礁，它导致我们靠确实存在于我们身上但没有价值、不值一提的事情来得到别人的尊崇：假荣誉是一个错误。"有比较才有鉴别。拉布吕耶尔通过这样细腻的分析和比较给他所剖析的品格以严格的定义，使我们对各种品格有更深入的了解。

4. 以哲理的箴言来研判品格。他或者用几句箴言来引发出对某种品格的肖像化的描绘，或者在肖像化的描绘之后用箴言让人们对某种品格的认识提高到哲理的高度。"一个蠢人就是连做个自命不凡者所必要的才识都没有的人。""一个自命不凡者就是被蠢人视为才识之士的人。""某些人以高傲代替威严，以残忍代替坚定和以狡猾代替机敏。""如果贫穷是罪行之母，那么缺乏思想则是罪行之父。""我们出于虚荣或者礼节，跟我们出于爱好或者义务，所干的事情相同而所表现的形式一样。""想想看吧，我们现在叹息风华正茂的青春不再而且一去不复返，继之而来的将是衰老的暮年，这使我们不免惋惜当今我们对壮年还不够珍惜。"

这些箴言都是作者对社会现象和人性深入细致的考察和思考之后发出的发人深省的思想。

《品格论》的发表正值路易十四太阳王的统治从巅峰往下坡路走的时期。拉布吕耶尔经历了路易十四进行的三次战争：1687—1688年与西班牙争夺荷兰遗产的战争、1672—1688年的法荷战争、1688—1697年与神圣罗马帝国的9年战争（亦称奥格斯堡同盟战争）。连年的穷兵黩武，加上宫廷的豪奢浪费，造成法国经济凋敝，国家财政靠重税维持，包税官的贪腐和骄奢受到当时人们普遍的诟病，成为17—18世纪不少作家作品中批判的对象。《品格论》对达官贵人和包税官的行径和品格也都有所揭露，并把这些大人物和小百姓作了深刻的对照。拉布吕耶尔明确地提出："如果我把两种社会地位最对立的人，我的意思是指大人物和老百姓进行比较的话，我觉得后者满足于生活的必需品而前者虽有多余之物还嫌不够。老百姓不会做任何坏事而大人物不愿做任何好事却善于干大坏事。老百姓只是通过有用的事情来教育自己、锻炼自己，而大人物则要把有害的东西加入其中。老百姓身上表现得粗鲁但坦率，而大人物在彬彬有礼的外表下掩盖着狡猾和腐败的毒汁。老百姓才气不足而大人物没有灵魂。老百姓心地善良但其貌不扬，而大人物则只有外貌而且是纯粹的表面光鲜。需要选择吗？我毫不犹豫：我要做老百姓。"但是我们不能因为《品格论》对于社会现象和人性阴暗面的剖析和批判、对老百姓的赞扬便认为拉布吕耶尔是改革者，是法国大革命的先驱，因为17世纪的法国和欧洲还没有产生变革的土壤，而且我们在法国乃至欧洲历史中看到，资产阶级革命前的真正改革者、资产阶级革命的先驱是必定既反对封建制度又反对以罗马教廷为代表的天主教教会的。拉布吕耶尔对社会恶习的揭露和批判只是哀其不幸、怒其不争而已；他揭露错误、嘲笑荒谬、批判恶习，但并不反对他所生活的制度，而他对于教会和宗教信仰更是坚贞不贰，并用了最后一章进行阐述。F. 黑蒙在《文学教程》指出："他不愿去评判他所描画的制度和他所生活的时代，但是他向我们提供了进行严格评判的所有素材。"而"向我们提供了进行严格评判的所有素材"正是拉布吕耶尔的最大功绩。在炎热的夏天,人们从漫天滚滚的乌云中期待着一声惊雷、一阵豪雨;拉布吕耶尔的作用就是在黑暗的天空堆积起"压城城欲摧"的"黑云"。他提供的素材引人深思、促人清醒,让人希望"于无声处听惊雷";而真正发出惊雷声音的,就要等待18世纪启蒙运动的思想家们了。

2012年3月于蒙特利尔湖边楼

遗世独立，写出世间百态
——拉布吕耶尔《品格论》译后感

2011年春夏之交，花城出版社余红梅编辑约我翻译法国17世纪作家拉布吕耶尔的《品格论》作为出版社"慢读译丛"出版，我答应了。我的想法是：我翻译过法国18世纪启蒙运动先驱伏尔泰的《风俗论》和孟德斯鸠的《波斯人信札》，再翻译17世纪法国文学巨匠拉布吕耶尔的《品格论》，一定会是一次很好的学习。其次，在社会日趋急功近利，速食、速成、速读日益风靡之时，花城出版社推出"慢读译丛"是件很有意义的事情，我应当贡献绵薄之力。第三，我即将移民，翻译这部近40万字的书也可以充实寂寞空虚的客居生活。经过一年多的努力，《品格论》于2013年出版，当时我写了一篇《于无声处听惊雷》的译者序，最近重读这部书，觉得意犹未尽，再谈谈自己的点滴体会。

拉布吕耶尔穷一生的精力，给世界文学留下了《品格论》这部唯一巨著。17—18世纪法国文学家喜欢谈论风俗，此书由三个部分组成，其中第二部分是核心部分，取名就是《品格论或当代风俗论》，可见他是把人的品格作为一个时代的风俗来探讨的，这就说明《品格论》跟伏尔泰的《风俗论》有着某种共同的追求。拉布吕耶尔在《品格论》中以随笔的文体，惟妙惟肖地描绘各种品格，对孟德斯鸠《波斯人信札》的书信体产生了直接的影响。作为法国文坛怪杰，他直面人生，直抒胸臆，遗世独立，写出世间百态，针砭负面品格，鞭挞丑恶现象，一辈子，一本书，一座丰碑，而这座丰碑把三个文学大师的三部不朽著作联系在一起。作为译者，我只能感激身处盛世，让我有幸将这三部巨著先后呈献给中国读者。

这三本书各具特色，我大胆地各用一个词来概括，那就是《风俗论》厚重、《波斯人信札》诡奇和《品格论》深刻。伏尔泰在《风俗论》中，上下五千年，纵横五大洲，以恢宏的气势，挥洒世界各民族的历史，给人以厚重的历史感。孟德斯鸠在《波斯人信札》中，通过巴黎和波斯后宫的鱼雁传书，揭露两地道德、伦理、生活、习惯的差异，以虚构影射现实，用事实晓谕真理，寓庄于谐，融传奇与哲理于一体。至于《品格论》，拉布吕耶尔对各种品格从逼真的描绘，到细腻的剖析，再通过比较进行鉴别，最后以哲理的箴言作出研判，每一步都使该书对形形色色品格的揭露和鞭挞更加深刻，所以当代的P. 莫里欧说："他向我们展示的他那时代的风俗画，从总体而言，是我们所掌握的最准确、最完整的画卷。"（《拉布吕耶尔》）

具体来说，《品格论》这幅风俗画具有如下特色：形象丰富，雅俗共赏，文笔优美，现实性强。《品格论》描绘各色人等（从王公贵族、达官贵人到工商士人、贩夫走卒）在各种场合（宫廷、城市、市场、乡村）所展露出来的各种品格和各种表现（傲慢、贪婪、自私、伪善……），拉布吕耶尔因此被夏多布里昂誉为"路易十四时代最杰出的作家之一，没有一个人的文笔比他更加丰富多彩"（《基督教真谛》）。《品格论》既取材于上流社会又涉及都市农村,所以一面世便受到社会各阶层的普遍注意,赞誉有加,从1688年初版到1696年作者去世,短短8年便出了9版,这个数字足以证明该书受欢迎的程度了。拉布吕耶尔以讨论品格作为其当代风俗论的主旨,书中事例虽多出于市井,但语言高雅,文笔优美,只怕译者力有不逮,译文未能体现原著的丰姿,请读者见谅。尤其值得指出的,《品格论》至今仍具有现实意义。正如伏尔泰所说,"由于书中的一些内容存在于任何时代、任何地方,因此可以相信它不会被人遗忘"。当代读者阅读拉布吕耶尔的《品格论》并不会有距离遥远的感觉,相反在物欲横流、斯文扫地的社会,《品格论》所批判的现象依然有现实的意义,所论述的道理依然值得深思。最后,奉献一首短诗,供慢读时一笑:

  一杯清茶一炷香,
  慢读译丛夏自凉。
  在手一卷《品格论》,
  世间百态细思量。

也谈"红"与"黑"

长期以来,人们对司汤达的《红与黑》的书名作了各种解释。本文准备针对其中几种有代表性的论点谈谈个人的不同意见,以就教于广大读者。

一

对"红"与"黑"最通常的解释是:拿破仑帝国的将军服是红色的,教士的道袍是黑色的,因此"红"代表拿破仑时代,或者"代表充满英雄业绩的资产阶级革命时期,特别是拿破仑帝国","黑"代表教会,或者代表"教会恶势力猖獗的复辟时期"。《红与黑》是"有意识地用拿破仑帝国来对照复辟时期,以加深对这一时期的揭露"[①]。的确,书中不少地方谈到人们,尤其是于连对拿破仑的崇拜、对拿破仑时代的向往,并深刻地揭露了教会和复辟王朝的黑暗和反动,两者的对比很明显。这一论点可以成立,而且也易于为人们所接受。但这种解释还只停留于事物的表面,没有揭示出这一书名的深刻含义。于连所处的时代,拿破仑帝国的英雄业绩、军功荣誉都已成为历史,只留存于不满现实者的追忆之中。即使是

---

① 柳鸣九主编:《法国文学史》,中册,第406页。

于连，在维立叶尔建造了礼拜堂并担任裁判官，但屈服于年轻神父之后，也明白拿破仑时代已一去不复返，他想立军功、当将军的愿望已成泡影，从此他再也不提拿破仑的名字而宣布要做神父了。就全书来说，作者不是强调拿破仑时代与复辟王朝时代的矛盾、走军功的道路与走教会的道路的矛盾、理想与现实的矛盾，而是描写一个满怀野心、企图通过教会的道路向上爬，但良心未泯的青年的悲惨结局。诚然，于连向往拿破仑时代，不时从内心发出愤懑的呼喊，然而这只是由于自己郁郁不得志而迸发的呼声而已，当他"春风得意马蹄疾"时，如皇帝驾临维立叶尔，他有幸作为陪祭教士，看到主教的仪容的时刻，曾经使他觉得自己是拿破仑手下的传令官正领导着一个炮队进攻的隆隆礼炮声，对他已不起任何作用了，"因为这时候他已不再想到拿破仑和军队的光荣了"。这就说明，这部书不是着重描绘两个时代、两条道路的对照。因此"红"代表拿破仑帝国的说法并未深刻揭示出小说的主题思想。

另一种解释是："红象征热情，而黑象征阴谋，《红与黑》是一部交织着惊心动魄的热情和阴谋的书。"从法国的习惯和法语的词义来说，以noir（黑）表示complot（阴谋）是可以的，然而rouge（红）与"热情"却没有什么关系。当然，假如我们同意《司汤达传》的作者弗吕德的说法，"红"还指于连"孤高自傲、炽热的心灵以及他那像一团火一样旺盛的精力……"，那么用"红"来象征热情似乎也能说得通，不过这种解释须一再引申，多少有点牵强。对照原文，译本中"热情"一词几乎都是passion的迻译。法语passion的一个意义是"对于所追求的某一事物的强烈爱好"（《小罗伯尔词典》），这在汉语中有时译为"情欲"，巴尔扎克小说中的高老头、葛朗台等都是具有某种强烈"情欲"的人物。passion又可指"作为强烈而持久的爱慕而出现的爱情"（同上）。然而通观全书，我们似乎看不出于连的"热情"表现在什么地方。他对教士的生涯是十分厌恶的，主教于他只不过是十万薪俸的代名词而已。至于军功和荣誉，尽管他内心有着强烈的追求，但当他看到教士的黑袍也能实现自己的野心时，他也可以弃之如敝屣。还有，当他受到德·拉·木尔侯爵的重用并得到其女儿的爱情时，他眼看自己面前展现出一条宽广的道路："穿了这件黑衣，到了四十岁的时候，可以得到十万法郎的年俸和蓝绶的勋章，如同波维主教一样"时，他"脸上浮着魔鬼的笑容"，对自己说："我比他们聪明，我知道选择我的这个时代的军装。"也就在这时，"他感觉他别于教会的野心和服装的眷恋越来越强烈"了。为什么呢？因为"好多红衣主教出身比我低，他们却有统治权"。这是热情吗？不是。军功也好，道袍也好，都只是他为了实现自己野心的进身之阶和途径而已，究竟走哪条路，要看"法兰西所流行的花样"是什么来决定。这中间无所谓热情不热情，有的只是利害的考虑。而于连在爱情上是否表现出很高的"热情"呢？出于满足自己的自尊心，出于尽一个英雄的"责任"，出于对德·瑞那先生的报复和嘲弄，于连诱惑了德·瑞那夫人。当他与她发生私情后，想的是"我这个角色演得好吗？"而他之所以"务必要在这女人身上达到目的"，也只是"如果我以后发了财，有人取笑我家庭教师的低贱，我就让大家了解，是爱情使我接受这一位置的"。这是多么冷酷可怕的自白！如果说他由于出身贫贱，却得到了高贵的德·瑞那夫人真诚的爱，自尊心得到充分的满足，加上德·瑞那夫人善良纯朴的心灵深深地感动了他，最后对德·瑞那夫人的确产生了爱情的话，那么他对于德·拉·木尔小姐则始终没有什么爱情可言。他是出于自尊心和功利而以各种手段去征服德·拉·木尔小姐的傲慢与偏见，使这个"骄傲的怪物"终于爱上了他。于连知道"她的父亲不能离开她而生活，她又不能离开我而生活"，结果他得到了一处庄园、每年一万法郎的进款、骠骑兵中尉的身份和贵族的姓氏，这些他多年来梦寐以求的东西。这时他除了无限的欢乐之外，想的又是什么呢？他想的是："总之，我的罗曼史已经结束了。所有的功劳都是我自己的。"这是什么样的"热情"啊！

有人说："'红'也罢，'黑'也罢，都是不幸的象征，当然，它们之间也有一点区别，'红'是不幸的先兆，'黑'是不幸的结果。"（程代熙：《艺术家的眼睛》，第8页）此说的根据是书中一段带有哲理性的描写：

> 一个猎人在树林内放了一枪，他打到的东西落下来。他跑去捉它。他一靴子撞倒了一个两尺高的蚂蚁窝，他毁坏了蚂蚁的巢穴，把蚂蚁和它们的卵都踢得很远。……这些蚂蚁当中最有哲理头脑的也不会了解这个巨大而可怕的黑东西——猎人的靴子，忽然之间用一个不可相信的速度冲进了它们的巢穴，事先还有一个可怕的响声，而且伴随着一束红的火光。

由于其中出现了"黑东西"和"红的火光"，论者便认为"红"与"黑"均是不幸的象征，"红"是先兆，"黑"是结果。这里且不说这种理解是否合理，就从文字来说，译文与原文也不相符。原文

accompagné de gerbes d'un peu rougeâtre本是"伴随着几束淡红的（着重号为笔者所加）火火，而译文却是"……红的火光"，虽只一字之差，但经过人们据此加以引申、发挥，结果相去甚远。既然原文是"淡红"而不是"红"，上述论点自然就论据不足了。

二

那么"红"与"黑"究竟代表什么？且看该书第五章《谈判》。这一章有如《红楼梦》第二回《冷子兴演说宁国府》起着提示全书的作用。当谈到于连前往德·瑞那先生家当家庭教师的途中走进维立叶尔礼拜堂时，书中写道："所有的十字形的窗子全用深红色的布料遮盖起来。窗外的日光，透过红色布料，变成令人头晕目眩的暗色光线。"一张介绍"路易·约黑尔的处决和最后的顷刻的详情"的纸"端正地展开在他面前，好像专为要他来念的样子"。当他从礼拜堂出来时，"于连恍惚看到圣水钵旁边有许多鲜血。其实这正是圣水，被人溅泼在地上了。因为窗子上遮着的红色布帘映成的反光，使地上的水看起来像鲜红的血一般"。走出礼拜堂时，"于连想到他刚才心里秘密的恐惧，不免惭愧起来"。这"令人头晕目眩的暗色光线"、这"鲜红的血一般"的圣水、这介绍处决犯人的纸，以及于连"秘密的恐惧"心情，构成了一幅沾满血污的教堂阴森可怕的图像，它提示我们，血与教会有着密切的关系，这"红"象征的就是血，他人的或自己的鲜血。至于"黑"，由于nior一词可作"黑色""黑暗""邪恶""卑劣"讲，它可指伪善的教会，指恶毒的阴谋，指黑暗的复辟王朝时代，这些，人们都已经谈到。我的补充有两点：一、"黑"还指卑劣的手段；二、"黑"在这一书名中，象征的是上述几方面（教会、阴谋、复辟王朝、卑劣手段）的总和，而不是其中的某一方面，也就是说，这几方面结合起来，才是"黑"所代表的内容。因此，《红与黑》这一书名就是要告诉人们：在黑暗的复辟王朝时代，一个企图通过教会道路向上爬的小资产阶级青年，不是在阴谋活动中以卑劣的手段、用他人的鲜血来实现自己的野心，就是自己成为阴谋和卑劣手段的牺牲品而死于非命，没有中间道路可走。这也就是《红与黑》这部小说的主题思想。于连短暂的一生及其悲惨结局便说明了这一点。

于连出身贫寒，但才貌出众，工于心计，不甘庸碌一生。他有着强烈的野心，为猎取功名利禄，"宁愿冒九死一生的危险"。如果说在维立叶尔时，他看到不正义的行为和不平之事，还会产生愤懑心情的话，那么，自从他受德·拉·木尔侯爵的提拔，从修道院来到阴谋和伪善的中心——巴黎，充当侯爵的秘书之后，我们就几乎听不到他那些慷慨激昂的内心独白了，相反，他积极投身于阴谋活动之中。我们看到他受侯爵的重用，衔命前往英国，结果获得了一枚侯爵儿子想得而没有得到的十字勋章。我们看到他忠实地充当德·拉·木尔侯爵等人策划的勾结外国势力、扑灭革命力量的阴谋的秘密信使，连侯爵都认为："若是这个少年把我出卖了，还有谁人可以相信呢！"我们看到他一帆风顺，踌躇满志，取得了贵族的姓氏，而且这高贵的身世还得到"事实上统治贝尚松"的代理主教福力列的默认，这时他欢喜若狂，越来越相信自己便是"可怕的拿破仑放逐在山里的某贵人的私生子"。我们还看到他当上骠骑兵中尉，骑着最漂亮的阿尔萨斯马时扬扬自得的神情：刚刚做了两天的中尉,便在盘算"至迟能像过去的大将军一样,在三十岁上,就能做到司令"。不仅如此,当维立叶尔彩票局长去世后,一直钻营这一职位的萧南得到这一遗缺,而为人正直慷慨的葛斯先生却没有得到任命,对此不公之事,他没有任何愤慨的表示,相反认为:"这不算什么,如果我想成功的话,我还要做出许多不公道的事情来。而且我更应该知道怎样运用动听的慷慨话来掩饰。可怜的葛斯先生啊!配得上戴这勋章的是你,但是有这勋章的却是我,我当遵照给我勋章的政府的意旨而行动。"这一切就是他处于最得意时的思想感情。有些人根据于连不得志时的一些愤世嫉俗的想法,认为他是个"叛逆人物",他具有"伟大叛逆性格",他的行为是"向生活勇敢的挑战",他对社会抱定决心加以反抗,他"忠实于自己的信念和理想,把自己的挑战坚持到底",因此他才"挺身赴死"[①]。但是我们从以上的分析中,很难看出于连的"叛逆性格""反抗""信念""理想"究竟表现在什么地方。于连之死,不是因为他"忠实于自己的信念和理想"去"反抗"当时的社会,而是因为他虽然想依附统治阶级的力量向上爬,却不像福力列、哇列诺那样,会采用卑劣的手段,以他人的鲜血来达到自己的愿望,而是企图靠个人的聪明才智来实现自己的野心,结果自己倒成为阴谋和卑劣手段的牺牲品。

有人说:"作者通过于连的经历力图说明贵族阶级占统治地位的上流社会,绝不容许一个贫民青年挤进来,它必然要通过种种方

[①] 何新:《论于连·索黑尔对〈红与黑〉的几点新认识》,载《外国文学研究》1981年第7期。

式把这种青年扔出去,毁灭掉。"①其实不然。如果平民青年能够不择手段地为统治阶级服务,那么统治阶级还是可以容忍这种青年,让他"挤进"上流社会的。福力列初到贝尚松时,全部财产就是随身带的一个狭小的旅行袋,但是靠着他善于巴结主教,剔掉鱼骨伺候主教吃,靠着他组织的贝尚松社团从事特务活动,靠着他送到巴黎去的"使法官、省长和卫戍的军官"发抖的快报,他不但当上了代理主教,而且成了这个省数一数二的大地主,成为实际统治贝尚松的人,连权倾朝野的德·拉·木尔侯爵也怕他三分。哇列诺的父亲没有留给他600金镑的收入,但他厚颜无耻,不择手段,残酷剥削贫民,并投靠福力列,参加教会秘密组织,结果不但成为巨富,而且取代了德·瑞那当上了维立叶尔市长,最后爬上了省长的宝座,连德·拉·木尔侯爵也想请他吃饭。于连虽有野心,但本质还是善良的。他会因同情穷人的不幸遭遇而流泪,当他有钱时,便寄了500法郎给维立叶尔的穷人。尽管他认为"我当遵照给我勋章的政府的意旨而行动",但他仍然为死去的彩票局长一家的生活担忧,并同情葛斯先生,可见他良心未泯。于连不会谄媚权贵,不会那种"生活的艺术"。他"不属于任何客厅、任何派系,没有依靠任何力量的支持",而是靠个人奋斗。然而西朗神父早就向他指出:"问题在于我们要想发财,就只有采取这种艺术,否则就只有向天国去碰碰运气了。两者之间没有中间道路可走的",可是"只要你闭目一想如何去奉承那些有势力的大人先生们,便知道你永远是个失败者"。实际上,这还不仅是能否成功的问题。彼拉神父说

---

① 钟鸣九主编:《法国文学史》,中册,第418页。

得更透彻:"如果你将来不成功,你就要受到别人的迫害,对于你是没有中间道路的。"于连过于自尊,不够卑贱,不足以充当统治阶级的奴才;他良心未泯,手段不够卑劣,不会以他人的鲜血换取个人的功名利禄,不足以充当统治阶级的鹰犬。然而他又有野心,想出人头地,这就是他不能见容于统治阶级的根本原因。事实正是如此。代表政府势力的德·拉·木尔侯爵和代表教会势力的福力列代理主教双方捐弃前嫌,联合起来对付于连。侯爵一面施展缓兵之计,给于连一点甜头,以稳住他的女儿;一面派人去调查于连的底细。而教会则逼迫德·瑞那夫人写告密信。结果于连成了这种阴谋和卑劣手段的牺牲品。他在法庭上那段慷慨激昂的话,与其说"只是对复辟社会表示了个人主义绝望的反抗"[1],不如说是他的大梦初醒。只是在他身陷囹圄之后,他才认识到在这样的社会里,像他这样的人,是无法像他所羡慕的鹰隼一样自由翱翔的。他既不愿屈服于福力列、哇列诺之流,统治阶级也就不会让他存在下去;即使他能苟活下去,他企图飞黄腾达的野心也永远无法实现。这样碌碌无为的生活,对于具有强烈野心的于连来说,是生不如死的。残酷的现实粉碎了他的野心,而野心的消失,使他敢于冷对黑暗的现实,说出自己过去感觉到但尚未深刻认识到,或者虽然认识到但不敢说出的思想,并坦然地以死来了此一生。如果于连真是像有的人所说的"叛逆人物",那么,在那样的社会里,叛逆者受到统治阶级的迫害,这是必然的结局;退一步说,如果于连只是一般小资产阶级青年的代表,那么他受统治阶级的排挤打击,也是意料中之事,这

---

[1] 钟九主编:《法国文学史》,中册,第419页。

么一来，小说的揭露力量就不会如此强烈了。《红与黑》主题思想深刻之处就在于作者把于连写成一个企图依附统治阶级来达到个人野心，仅仅因为不够心狠手辣，结果也一样受到残酷迫害的青年，从而向人们展示出一幅复辟王朝时期法国社会令人怵目惊心的血淋淋的图画，而这一深刻的主题，又通过耐人寻味的《红与黑》这一书名而生动地反映了出来。

万里写入胸怀间

复旦大学出版社出版的《海外文化之旅·圣母院的钟声》，以巴黎为中心，沿着塞纳河和卢亚尔河，进而西北到达诺曼底，南迄天蓝海岸，从圣母院的钟声中漾出了法国的悠悠古迹，多处名胜犹如江水万里，泻入胸怀，流出笔端。

作者程曾厚教授是研究雨果的专家，为学术研究多次赴法访问，他的法国之行正是名副其实的"文化之旅"，此书则是这一旅行附带开出的一束鲜花。但该书并不局限于探访雨果的遗踪，而是广泛涉及建筑、雕塑、艺术、文学、历史、诗歌、戏剧等方面，洋溢着法兰西文化气息。作者通过介绍大卢浮宫、蓬皮杜中心和奥尔塞博物馆，向我们展示了一部"完整而又丰富的艺术发展史"；通过描述各个景观，让我们看到各个时代的建筑风格。就像到中国旅游，不会欣赏楹联字画就无法深入领略中国的文化一样，到西方旅游，不会欣赏雕塑就无法感受西方的文化，所以作者或简或繁地介绍了他见到的40多尊著名的雕塑。法国是文化大国，作者法国之行是作文化追踪，他足迹所及，尤其是在巴黎，几乎到处都有文化遗址，这一切通过作者之笔都跃然纸上。我作了粗略的统计，书中谈到的画家近60人、画35幅、作家45人、作品54部、诗人49人，此外还有历史学家、建筑师、戏剧家，其中对奥尔良的查理、拉伯雷、龙沙、高乃伊、伏尔泰、福楼拜、巴尔扎克、谢阁兰、波德莱尔直至当代的普雷韦尔、图尔尼埃还作了专门的评述,至于雨果更是经常述及,这不啻给了我们简明法国史的部分知识。更令人击节赞赏的是作者在谈到某些历史事件、自然人文景观或人物时,还重译、新译了50余首(节)诗篇,我对照了其中某些原文,发现译作在音步、韵脚、格律、意境方面既忠实而又飘逸,文采斐然,但这些并不是作者为了炫耀知识而生硬地堆砌在一起,而是睹物思人,人以诗传,触景生情,因情及诗,于是逸兴遄飞,不免歌之咏之了。

当然,这本书只写了作者游历的地方,而即使介绍得最详细的巴黎,也还有古迹没有写到,还有胜地没有述及。另外,书中某些译名尚可商榷,印刷的错漏尚待改正。作者在《前言》中说,此书首先是写给学生辈的,他还愿意把它奉献给"希望认识法国,而暂时没有机会去的读者"。其实,即使有法国文化素养又到过法国的人,阅读此书也一定得益良多,因为他不一定都到过这些地方,见过这些景物,即使他都到过、见过,他也可以从该书中得到补充的知识和启迪,至少可把各自的观感进行对照、印证。希望有更多的人写出这样怡情益智的书,但这不但要有文化和文字的功底,尤其要有作者这一颗拳拳之心。

正义的文豪与执着的学者
——程曾厚《雨果和圆明园》读后

程曾厚先生赠我其近著力作《雨果和圆明园》。全书以1861年11月25日雨果撰写抗议圆明园被毁、谴责英法联军抢掠圆明园文物的著名信件《致巴特勒上尉的信》为主线,将作者四十多年研究的成果奉献给中国读者,不,也奉献给全世界景仰雨果和关心中国的读者,让我们看到一代法国文豪冲冠一怒为中华的正义感和一个中国学者执着而严谨的治学精神。这部以散文形式撰写的学术论著,用事实,用文字,用照片,用物品,讴歌雨果对中国的感情和对英法掠夺者的愤怒,用轻快、漫谈和略带幽默的笔调把严肃的课题、严谨的方法、严密的论证和令人信服的结论展现在读者面前。我一口气读完,产生了写点感想的冲动。

我认为程曾厚《雨果和圆明园》在学术上有巨大的贡献。一、程曾厚先生是第一个从法文原著把雨果的《致巴特勒上尉的信》译成汉语的人并于1984年2月26日雨果182岁诞辰之日在《人民日报》发表。他也可以说是世界上研究雨果和圆明园最为深入、成果最大的学者(或者说"之一"),因为莫洛亚近50万字的《雨果传》不见"中国"二字,巴雷尔的《雨果传》也没有涉及雨果和中国关系的内容。程曾厚用了四十多年的时间,多次到法国、英国走访雨果故居，进入图书馆、博物馆、档案室，翻阅几百万字雨果原著和有关资料，考证了当时英法联军从圆明园掠夺了1000件"战利品"如何平分、法国远征军分到的500件赃物如何从圆明园到巴黎杜依勒利宫然后放置于在枫丹白露中国陈列馆的路径。他找到了雨果《致巴特勒上尉的信》的手迹，研究了1861年雨果的生活细节和创作历程，通过逐一排列、比对、鉴别，来考证"收信人"巴特勒上尉的有无和1861年11月25日写信日期的真伪，最后得出的结论是："巴特勒上尉"查无此人；1861年11月25日写信日期也是伪托；《致巴特勒上尉的信》也无此信，从而更证明了这是雨果假托给巴特勒上尉回信，专门写的一篇在当时来说"惊世骇俗"的文章。二、程曾厚以丰富的资料论证了雨果的"中国情结"，从而深入了法国文学史对雨果的研究中。为了论证雨果写这封《致巴特勒上尉的信》不是一时冲动，程曾厚不惜以一章的篇幅，从雨果指责英国发动鸦片战争的游记《莱茵河》，从小诗《中国花瓶》，从雨果装修的"中国客厅"，从雨果对中国艺术的思考，从圆明园被焚毁10年之后，还撰文反对拿破仑联合英国焚毁圆明园，从雨果的诗《跌碎的花瓶》，总之用饱满的热情从方方面面来介绍雨果的"中国情结"。我在翻译伏尔泰的《风俗论》时感受到伏尔泰的"中国情结"，但伏尔泰和启蒙运动思想家的"中国情结"是对盛世中华文明的景仰，是想把中华文明作为启发欧洲文明的他山之石；而雨果的"中国情结"则表现为拍案而起，为受欺凌、受掠夺的中国仗义执言，为代表幻想所产生的东方艺术的毁灭而横眉冷对两个窃贼、两个强盗。三、程曾厚的这部著作是对雨果文艺思想、文学活动、政治态度的探赜索隐，是对法国文学史、对中法文化交通史、对中国文物史的丰富和补充，使人们对流落海外的中国文物，至少是圆明园的文物的去处有更详尽的了解，我们应当感谢程曾厚先生的辛勤劳动带给我们的硕果。四、《雨果和圆明园》是一本进行爱国主义教育的读物。现在，随着国力的强大、生活的改善，一些人，特别是年轻人已经不知道中华民族曾经遭受的苦难，或者忧患之心已经淡漠。而当我们宣示我们国家的核心利益而受到某些人的反对或者质疑时，有人出于好意要我们"反思"；当一些年轻人说了一些过激的话、做出一些过激的行为时，有人劝我们不要有"民族主义思想""民粹主义情绪"。国人请读读这本《雨果和圆明园》吧，雨果是一个法国人，他从没有到过中国，但是他对中国充满感情，他揭露抢掠、焚烧圆明园的人，怒斥他们是强盗、是窃贼，他希望有朝一日这份赃物会"归还给被掠夺的中国"。听到雨果《致巴特勒上尉的信》中掷地有声的话语，哪个中国人不会爱国热情沸腾的同时对支持我们正义事业的外国人充满感激之情？当然，我们的爱国主义教育不是宣扬仇视、鼓吹仇恨，而是让年轻人了解中华民族曾经遭受的苦难和凌辱，从而更加珍惜来之不易的今天，胼手胝足，共同创造和谐的未来。

　　任何事物都有两面。程曾厚先生以散文的形式，用第一人称来阐述自己学术研究的经历和结果，娓娓道来，令人感到亲切，可读性强。但是用第一人称说跟别人用第三人称说会产生不同的效果。另外，文章，尤其是学术文章要求简练，《左传》文笔最简练："初，郑武公娶于申。曰武姜，生庄公及共叔段。庄公寤生，惊姜氏，故名曰寤生，遂恶之，爱公叔段，欲立之，亟请于武公，公弗许。"寥寥47字，把人物、事件、时间、地点、原因、过程与结果都交代得一清二楚。这当然不是说今天我们要用《左传》的文笔来写书，而是认为把学术论著写成散文，不免有人物需要交代、背景需要介绍、过程需要叙述、细节需要描绘，这就使得学术著作多少有点不那么紧凑、精练了。另外由于《致巴特勒上尉的信》的中文译本已成为传世之作而且收入中学教科书，译文有的地方可能还需要再推敲润色，不过这是另一篇文章的内容了。

我与曾厚兄同年上大学，1964年我离开南京大学法语教研室，他于翌年到南京大学，失之交臂，彼此知道其人，但未谋面。1995年他调到中山大学，我已退休，我们虽不是真正意义的同事，但每有新作，都互相赠阅，每次拜读曾厚兄的作品都得益良多。记得1997年他出版《圣母院的钟声——巴黎纪胜》，我也曾写了一篇短文，但那是一部游记，而这次是学术论著，我希望当代青年能够喜欢这部书，通过阅读提高爱国主义热情，增进对中法文化交流的理解。

2011年1月25日于康乐园

关于《法语搭配词典》的编纂*

语言乃一交际工具。思想的交流要求对话者之间存在语言的共识与理解，故必须造句正确，方能表达思想。

以汉语为母语的人在运用法语表达思想方面所存在的困难，主要在于词与词如何正确而恰当地组合（假定已基本掌握法语的语法规则）。这表现为语义、句法与词汇三方面：语义方面的困难在于只知某个单词而不知该词应与什么词组合以表达一定的思想。如已知名词"胜利"（la victore）而不知应以什么动词来表示"取得胜利"（remporter la victoire）的意思。当然我们有时可以一个动词来代替动宾词组以回避困难（triompher代remporter la victoire），但如要表示"我们取得了划时代的胜利"，"划时代"在法语中只有faire époque这一词组，要表示"划时代的胜利"只有采用关系从句qui fait époque来修饰名词victoire，这时如不知道动词remporter便无法造句。在句法方面，法语在遣词造句时往往要考虑名词前有无冠词、用何冠词，动词与其补语间是否需要介词、用何介词等等，

---

　　* 本文系根据作者1988年11月18日在法国封特莱-圣克鲁高等师范学校推广法语研究中心（CREDIF）的"辞典与话语研讨会"所作的学术报告整理写成，后发表于法国学术刊物 Cahiers de Lericologie，之后译成中文发表于《中山大学学报》。

而在汉语就不存在，或几乎不存在这个问题。词汇方面则更为微妙，因为每一语言均有其独特的词汇搭配，这种搭配产生于各个民族的语言习惯，由传统遗留下来，无法从逻辑上加以解释，外国人不可能通过类比而想到这种搭配。如法语的tuer le temps（消磨时间——直译为"杀死时间"）、tromper la faim（聊以充饥——直译为"欺骗饥饿"）。这样的词组中，动词tuer和tromper使以汉语为母语的人感到惊愕。他们根据其语言直觉，永远也想象不出如此奇特的搭配，而往往从汉语习惯出发，错误地说成*distraire le temps，*remplir la faim，成为中国式的法语。上述三方面是必然要遇到的困难，另外，有时出于修辞的愿望，甚至行文的需要，对同一词非要变换搭配不可，从而更增加了复杂性。如"给予帮助"的两种搭配donner une aide和accorder une aide同时运用于如下一个句子中：A cette occasion il a donné à ses amis l'aide qu'on lui avait accordée auparavant.（过去，他的朋友们曾给予他帮助，这次他也帮助了他们。）

因此，为了帮助中国学生运用法语，有必要编纂一部《法语搭配词典》。

搭配词组的定义与标准

要编纂一部搭配词典，对什么是搭配词组、搭配词组与固定词组有何区别，应有一个清晰的概念。对于搭配词组这一语言现象，著名语言学家Ch.Bally早在80年前其《法语修辞学纲要》中便已作了初步分析，并把它命名为groupement usuel（常用词组）或série phraséologique（熟语系列）。但这两个术语可能不太科学，因为"常用词组"过于笼统,可以指任何一种词组。介词短语à cause de(由于)应当说也是常用词组,甚至它比grièvement blessé(重伤——Bally的例子)更为常用。"熟语系列"虽较为精确,但série(系列)一词既可指一连串词的组合式(syntagmatique)排列,也可指一些词组的聚合式(paradigmatique)排列,故拙著《法语词汇学》(1964年)谈到这一语言现象时便改用"熟语性组合"(combinaison phraséologique)这一术语。因此所谓"搭配词组",指的便是两个或若干个词的熟语性组合,在这种词组中,各个词受某种词汇约束所限制,但又保留着独立性及意义,从而使人得以看出该词组的意思(idée préfabriquée"先入之见"、démentir formellement"正式否认"、contourner une difficulté"回避困难")。在搭配词组中,总有一个词是主要的,如上述例子中的idée, démentir, difficulté,其他的词围绕该词而出现。为便于阐述,以下采用Hausmann的术语,将搭配词组的主要词称"基础词"(la base de la collocation),其余的词称"搭配词"(collocatif)。

根据上述定义,得出搭配词组的四个特征或四个标准,使其一方面与自由词组(prendre un livre"拿起一本书"——自由词组、prendre une photo"照相"),另一方面与固定词组(s'y laisser prendre"上当受骗")区别开来。

1. 词的独立性。组成搭配词组的各个词仍保留其语法功能,彼此的联系比较松散,可以颠倒词序(remporter la victoire→la victoire qn'on a ramportée"所取得的胜利"),增加甚至嵌入某些词(remporter une victoire décisive"取得决定性的胜利";remporter, avec des efforts conjugués, la victoire"经过共同努力,取得胜

利"）。

2. 词的语义不变性。词组的各个词仍保留其意义（本义或转义），并组成该词组的意义，一个读者，甚至一个外国人也能一下子看出（obtenir un succès "得到成功"），或经过稍加思索便能理解（avaler un affront "忍辱吞声"——直译为"咽下一个侮辱"）。

3. 搭配词的可替代性。在许多情况下，可以另一个词代替搭配词而词组意义不变，如可以说jeter/établir/poser/asseoir la base de qch（奠定某事的基础）。

4. 词汇的约束性。前三个标准使搭配词组与固定词组相区别：固定词组的词凝结成不可分割的整体（如不能把se faire tirer l'oreillea "不轻易同意"改成*l'oreille qu'il se fait tirer，也不能加词*il se fait tirer l'oreille gauche），在大多数情况下，词也不能代替（不能说*se faire pincer l'oreille）。由于固定词组的全部词或某些词的词义已或多或少消失，故人们无法从这些词看出词组的意义。但搭配词组与自由词组的区别就在于它受一定的词汇性约束。我们可以说saisir l'occasion（抓住机会）、saisir le momeut（抓住时机），但不能说*saisir le temps，虽然三者结构相同（动词+宾语），其基础词几乎是同义词。而且搭配词的可替代性也不是无限的，而是受法语语言传统所限制。如"恢复和平"，可用restaurer, rétablir la paix，却不能说*refaire, *réparer la paix，虽然refaire, réparer也能表示"恢复"的意思，并可与santé（健康）搭配，作"恢复健康"讲。

在上述四个标准中，词的独立性和词汇的约束性是最主要的，它们是搭配词组的区别性特征。至于搭配词的可替代性和词的语义不变性，某些固定词组在某种程度上也能符合这些条件，但却仍然是固定词组。在 tirer le diable par la queue 中，每个词似乎都保留着其意义，但词组的意义（穷途末路）却不明确。又如人们可以说 ne demander, ne chercher, ne rèver que plaies et bosses（只想寻衅吵架），但固定词组的性质并不因词的可替代性而改变。因为第一，词组不能颠倒或插入其他词；第二，词组的引申义从字面上根本看不出来。

辞典编纂目的、原则和编辑方式

确立搭配词组的定义与标准不仅具有语言学的理论意义，而且有实用价值。根据这些标准，就能鉴别真正的搭配词组以编纂辞典。在《英、法、德三国辞典面面观》中，谈到搭配辞典时，F. J. Hausmann 认为："一部专用辞典，把搭配词组 secouer la tête'摇头'（介绍 tête'头'这个词的句法用法）和固定词组 se creuser la tête'绞尽脑汁'（介绍'思考'这一概念的表达方式）都置于'tête'这同一词条之下，这是一种谬误。"[①]这一意见可能是有道理的，如果他进一步阐述其理由并对搭配词组和固定词组下个明确的定义的话。不过他在括号中所作的解释——如果我们理解无误——意思就是说，一个动词与一个用于本义的名词相组合便构成搭配词组，而如果名词用于引申义，便构成固定词组。这样，我们不免寻思，如下一些词组——n'avoir que qch en tête（脑子里只想着某事），se mettre dans la

---

① F. J. Hausmam, Trois paysages dictionnariques, La Grande Bretagne, La France et L'Allemagne, in Lexicographia, 1/1985.

tête de f. qch（料想到会干某事），rouler qch dans sa tête（反复考虑某事），其中tête一词均用于"思考"的意思，是否这些都是固定词组？另外，如果说secouer la tête是"介绍tête这个词的句法用法"的搭配词组，那么secreuser la tête不也是介绍tête的句法用法吗？因此，根据上述关于搭配词组的定义与标准，secresuer la tête也符合这些标准，故也是搭配词组，完全可以跟secouer la tête一样收录进搭配词典中来，而不管tête这个词是用于本义（人体的上部）还是转义（视为人的思维中枢）。

我们之所以不自量力从事搭配辞典（法—汉）的编纂，目的在于帮助以汉语为母语的使用者正确地遣词造句以表达思想。在方法上，我们仍采用传统的辞典编纂法。但本辞典与已知的现有辞典有三方面不同：首先，在一个词条内并不列举该词的所有信息（拼写、发音、各种意义和用法，以及同义词、反义词等等），而只着重于通过其各种搭配词组，向使用者提供有关该词词汇搭配和不同的句法组合特性的语言学信息，从而使他们得以根据这些"现成"的模式，只须稍作补充或变动（加上主语，或视需要添加补语或形容词，进行动词变位、性数配合等），便可完整地表达一定的思想（ex. prêter son aide à qn"给某人以帮助"，être conscient de ses devoirs"意识到自己的责任"）。其次，本辞典与lgor Mel'cûk的《现代法语释义与搭配辞典》不同，该辞典的作者们"首先考虑的是语言学理论，尤其是辞典学理论的问题"（A. Clas《序言》），而我们则是替说汉语的学生着想，为他们从一个假设已知的法语单词出发，表达各种不同思想或者表达同一思想，提供各种表达方式。最后，本辞典为法汉双语辞典。目前法国尚无搭配辞典，美国、德国虽有这种辞典，但均为单语辞典（Hausmann），而我们则要把法语的搭配词组译成汉语，并尽可能以汉语的搭配词组译法语的搭配词组（如：écarter un danger "排除危险"、surmonter une difficulté "克服困难"），只是在不得已的情况下才采用释义的办法。由于没有上下文，翻译的难度甚大。从初稿来看，译文有错、译义不准确、行文不简洁等现象颇多，必须不断修改提高。

作为一种专用辞典，我们企图使这部搭配辞典成为有助于使用者进行写作的"造句"辞典（dictionnaire de "production"），因此，我们极力使辞典具有"可查性"（accessibilité）与"广用性"（exploitabilité），这两者是我们编纂的指导原则。根据"可查性"原则，我们希望使用者从汉语的一个概念出发，通过法语相应的单词，从辞典中找到他们所要的法语搭配词组。为了满足"广用性"的要求，我们极力搜集尽可能多的一系列搭配词组，以供选用。当然，要表达的思想是无限的，而语言时刻都在发展，我们限于人力、时间、资料和设备，不可能做到应有尽有。

根据上述两个原则，我们基本上只采用名词为词目，而把动词和形容词作为搭配词。当然这并不意味着动词不存在搭配问题。相反，当我们谈词的搭配时，首先想到的便是动词与名词的搭配。但是许多动词的"搭配性"是如此广泛，因此如果以动词为词目，势必要收录无限的词组：动词acheter（买）或donner（给）可以与一切可以购买或者给予的东西搭配，而这纯属我们根据法语的语法规则自由地把词搭配起来的行为。另外，每个动词的用法和结构，在现有的主要词典中都有，根本没有必要"移植"到本辞典中来。我们之所以几乎专门以名词为词目，理由在于，正如F. J. Hausmann所指出的，名词与世上的生物和事物最为接近；而即使像汉语和法语这样不同的两种语言，也都存在着表达同一概念的名词。因此，以汉语为母语的人就可以从一个名词，通过查阅本辞典，找到他所要的相应的法语表达方式。当然不以动词为词目势必要抛弃掉一些很有用的动词和副词的搭配，因此我们从"广用性"原则出发，保留某些动词词目，但只收录其副词搭配，如在dormir（睡）这一词目下，便有dormir profondément（熟睡）、dormir à poings fermés（酣睡）、dormir sur ses deux oreilles（高枕无忧）这样一些搭配词组。

但并非所有名词均作为词目。一般而言，我们排除某些过于具体的名词，如arber（树）、chaise（椅子）等，因为这些词可以与许许多多动词搭配，而这些动词在类似的词条中必然又要重复，这既浪费篇幅，亦无必要。另外，某些不常用的，或者搭配词组太少的名词也不收录。但像avion（飞机）、navire（船）、télévision（电视）等，虽然也是具体名词，我们却收录于辞典中，因为这些词在现代生活中十分常用。

对于某些词，我们曾反复考虑是否列入词目，如bile（胆汁），用于引申义时，作"恼怒""忧虑"讲，它有échauffer la bile de qn（激怒某人）、décharger sa bile sur qn（泄怒于某人）、modérer sa bile（克制愤怒）、se faire de la bile de qch（忧虑某事）等搭配词组。把"胆汁"视为与愤怒情绪有关，这是西方古代医学思想的残留，在中国文化中并没有这种理论；这样，在汉语的"胆汁"与法语作"恼怒"讲的bile之间不存在"内涵共同点"（isomorphisme—Hausmann），说汉语的学生不会为了表达有关"愤怒"的思想而去查找bile这个词，因此从"可查性"来说，本不应把bile作为词目的。但这只是对于根本不懂得bile这个词的引申意义的人来说是如此,然而随着水平的提高,学生就有可能知道这个词的这一意义,从而以后也有可能把它运用于句子之中,因此我们还是把该词收入辞典作为词目。

关于材料的组织。我们在辞典中收录与汉语有"内涵共同点"的搭配词组。这里必须对法语与汉语的表达方式之间的"内涵共同点"作进一步说明。isomorphisme一词在语言学中本指"具有共同结构的两种语言之间的关系"。但该词运用在这里,则是指一个语言的搭配词组与另一语言的词组之间在某个词上具有相同或相似的内涵。正是由于内涵共同点,一个中国人才有可能找到他所需要的法语搭配词组。如poignarder qn dans le dos这一搭配词组不论其本义或引申义均与汉语的"背后捅刀"相同,汉语的"背"与法语的dos便是两个词组的内涵共同点。要表达"背后捅刀"这一意思,只要知道汉语的"背"便是法语的dos,那么查dos便能查到这一词组。相反,汉语的"暗箭伤人"在法语中却没有相应的具有内涵共同点的表达方式,从本辞典的flèche(箭)词目中便查不到。而另一方面,法语的固定词组或成语,只要它在汉语中有内涵共同点,也可以收进本辞典以丰富内容,使之更具有"广用性"。例如法语以avoir la langue bien pendue(直译"舌头吊得长长的")这一成语指某人"话多、喋喋不休",而汉语则有"饶舌""长舌"(当然汉语的"长舌"只作限定语,修饰"妇"——长舌妇)。同样,法语成语lever le pied(溜走、逃走,直译为"抬起脚")在汉语也有类似的表达方式——"拔脚溜走"。因此使用者在langue(舌头)和pied(脚)两个词条中可以分别找到这两个成语。有时一个法语搭配词组有两个名词，其中一个与汉语有内涵共同点，一个没有，我们便把该词组置于有内涵共同点的这个名词词条中。如accorder une délégation de pouvoir à qn（授权）便收在pouvoir（权力）这词条内。如两个名词在汉语中均有内涵共同点，则将该词组分别置于不同的词条内，如les cheveux tombent sur les épaules（头发垂肩），在词条cheveux（头发）和épaule（肩）中均可找到。

因此"内涵共同点"便成为连接法语词组与汉语词组的桥梁：掌权—détenir le <u>pouvoir</u>，篡权—usurper le <u>pouvoir</u>，恋权—être jaloux de son <u>pouvoir</u>。反过来，基于这一理论，如果没有内涵共同点，即使是搭配词组，也不收录。例如在bain（沐浴、澡盆）这一词目下，我们只收préparer un bain（准备洗澡水）、remplir un bain（灌满浴盆）、prendre un bain（洗澡）、vider un bain（倒澡盆，放掉洗澡水）等，而不收mettre, flanquer qn dans le bain（把某人牵连在内）和être, tremper dans le bain（被牵连）等。人们可能会提出异议：你前面说se creuser la tête可以收进辞典，尽管tête在该词组中用于引申义，而如今名词bain也是用于引申义，可这些搭配词组却又不收，这岂不是前后矛盾？我们的答复是：tête（头）视为人的思维中枢，在汉语中有内涵共同点，而bain作为"会连累人的事"，在汉语的"沐浴、澡盆"中却找不到这一意思。人们会反驳说：你刚才为把名词bile（胆汁）列入词条所提出的理由，不是也适用于bain这个词吗？这一反驳看来很有道理。但是如果我们进一步考察这一问题，便会发现这是两种不同的情况。对于bile一词的引申义，每部法语辞典都下了十分明确的定义，中国学生完全可以在没有任何上下文的情况下学到这一引申义——"恼怒、烦恼"，这样他们随时都有可能了解到该词用于引申义时所可能有的搭配词组，因此我们有必要在辞典中把该词作为词目。至于名词bain便不然了。所有的辞典都没有提到该词有引申意义，而只是通过上述这些词组指出该词的特殊用法，并对整个词组的意思加以解释，因此中国学生只有通过这些词组才有可能学到bain这个词的特殊意义，所以我们便没有必要在我们的辞典中把这些词组再罗列到bain的词条里来。

搭配词组的安排

世界著名的法国语言学家鲍狄埃（Bernard Pottier）所提出的"（曲线）循环（Cycle sinusoide）"理论，是表示在一个动作过程中，一条连续的时间轴线上，概念$\overline{C}$到C的发展变化（见下图）：

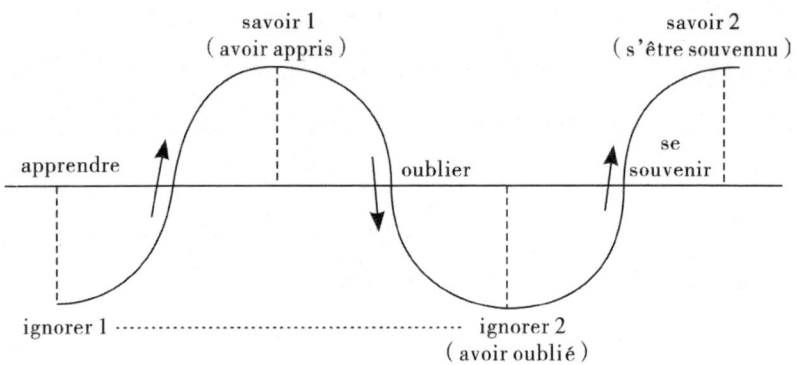

这种变化在语言上也有所体现，例如在"认识/记忆循环"（cycle de connaissance/mémoire）中便表现为ignorer 1（无知）到apprendre（学习）到savoir 1（知）到oublier（遗忘）到avoir oublié

（遗忘掉）到 se souv（回忆）到 savoir 2（再知）……的曲线。鲍狄埃是以不同的词表示概念的发展变化，而我们则运用这一理论，力求通过同一个词的不同搭配来反映同一现象从产生、发展、高峰、消退、衰落直至消失，然后也许还会再发生这样一个逻辑的演变过程。因此我们在辞典中尽可能完备地向读者提供一系列搭配词组供其选用，以表达各种不同的思想。试以 haine 为例：

haine n. f. 仇恨。

une...couve 酝酿着仇恨。

la...provient de 仇恨来自于。

engendrer, susciter, inspirer, soulever, êveiller la...de qn 激起某人的仇恨。

la...s'empare de, prend qn 某人产生仇恨。

une...se déclare entre 在……之间发生仇恨。

avoir, éprouver, ressentir, concevoir, nourrir de la...pour envers ou contre qn; porter, jurer, garder, vouer une...+adj·à/contre qn; avoir, prendre qn en..., （iron.）gratifier qn de... 仇恨某人。

étaler, révéler, exprimer, manifester sa…de qch./contre qn; témoigner de la...à qn 表示对某人/某事的仇恨。

la...aveuqle, égare qn 仇恨之心使某人失去理智。

（yeux, reqard）être étincelant de...（眼睛、目光）喷射着仇恨的怒火。

être bouillonnant, animé, dévoré, énivré de... 心中燃烧着仇恨。

déverser, déchainer, vomir sa...contre/sur qn 向某人泄恨。

tourner sa...contre qn 转恨某人。

poursuivre qn de sa... 始终记恨某人。

concentrer sa...sur qn/qch. 把千仇万恨集中于某人/某事。

accroître, augmenter, envenimer la...de qn_1 à l'égard de qn_2 加深甲对乙的仇恨。

imprimer la...dans son coeur 把仇恨铭刻于心中。

s'attirer la...de qn 惹某人恨。

ne pas avoir peur de, braver la...de qn 不顾某人的仇恨。

étre, devenir l'objet de, encourir la...de qn 受某人的仇恨。

prêcher la...宣扬仇恨。

contenir sa...忍住仇恨心情。

doser, mesurer, ménager sa...节制自己的仇恨。

rentrer, ravaler sa...饮恨。

assouvir, satisfaire sa...解恨。

cacher, （dissimuler, camoufler）sa...掩盖（掩饰）自己的仇恨。

apaiser, calmer, éteindre, endormir, désarmer sa...ou la...de qn 息恨。

raviver, rallumer, ranimer, faire revivre, faire renaître la...使仇恨复萌。Epith, ferments, sources, levains de...仇恨的根源。...acharnée, ardente, forte, passionnée, intense, furieuse, violente terrible, vigoureuse, vive 强烈的仇恨。...aveugle 盲目的仇恨。...déclarée, manifestée 公开的仇恨。...cachée, secrète, soude, latente 隐藏的仇恨。...contenue, froide 强忍住的仇恨。...cruelle, venimeuse, farouche, mordante, féroce 深仇大恨。...enracinée, invétérée, jurée, éternelle, tenace, vivace, opiniâtre 不解之仇。...fondée, juste, légitime 合理的仇恨。...héréditaire 世仇。...injustifiée 无理的仇恨。...implacable, endurcie. inexpiable, inflexible, inexorable, mortelle, à mort 不共戴天之仇。...impuissante 无可奈何的仇恨心。...inassouvie 未报之仇。...endurcie 宿怨。...inexprimable 难言之恨。...mutuelle, réciproque 相互仇恨。...profonde 深深的仇恨。...rancunière 积恨。...vieille 旧仇。

通过上述例子可以看出，所有这些搭配词组按照概念的演变组成曲线循环，再加上形容词，人们便可以表达围绕"仇恨"这个词所可能产生的几乎全部思想。另外，许多思想还有各种同义搭配词组，可供使用者变换表达方式。当然并非辞典中每一词条均有如此丰富的搭配，但不管怎样，均可以按同一理论来组织材料。

同义搭配词组及语义的辨析

语言中没有绝对同义词（synonyme absolu），同义词在语义、文体、感情色彩、组合关系等方面均多少有所不同，这一点是人们共同的认识。但这只是就同义的单词而言。至于同一个词的同义搭配词组，却有可能在意思上没有任何差别，这一语言现象往往被人们所忽略。A. Dauzat就曾指出："对于某一给定的词义来说，是存在着完全同义词的……enlever与ôter在许多情况下表示的是完全一样的概念，但有的人可能宁愿使用这两个动词中的某一个……"他接着举例说明：为了免致重复，把Cette formule offre un inconvénient（这个办法有个缺点）中的offre改为présenter，句子意思丝毫没有改变。①Dauzat在这里谈的就是同义搭配词组问题。A.Sauvageot认为，subir un échec跟essuyer un échec（遭受失败）是完全相同的。②可见搭配词组有可能存在完全同义的现象。这有三种情形：

1. 由于词汇工具词而产生绝对同义。法语某些动词，作为搭配词时，已失去了实质意义而变为某种词汇工具词（outil leixcal），其唯一功能就在于跟作为基础词的名词相组合构成搭配词组，而并没有给该词组增添任何补充意义。例如动词se livrer à、entreprendre、mener、exécuter、effectuer等与一个动名词或一个含有动作意念的名词（如étude学习、visite访问、construction建设、tâche任务等）组合时，仅仅表明主语从事该名词所指称的动作或事情，这些词汇工具词就等于动词faire（做）。相当于avoir（有）的工具词也很多：<u>connîatre, enregistrer</u> un succès=<u>avoir</u> un succès（取得成功），<u>rèvetir, présenter</u> des avantages=<u>avoir</u> des avantages（具有好处），<u>jouir d', bénéficier d'</u> une aide=<u>avoir</u> une aide（受到帮助）。如果名词是表示某种感情，则可以使用éprouver、sentir、ressentir、concevoir等工具词作搭配词，表示具有某种感情。因此这些词汇工具词就是用来给名词提供一个动词使之与主语联系起来以构造完整的句子。

2. 结构性绝对同义。某些语法结构不同的搭配词组表示一个完全相同的意思。我们可以无区别地说：le devoir s'impose à lui de fqch; il lui incombe le devoir de fqch; son devoir est de fqch; son

---

① A. Dauzat, *La génie de la langue française*, Paris, Payot, 1954, pp.99-100.

② A. Sauvageot, *Portrait du vocabulaire français*, Paris, Larousse, 1964, p.79.

devoir lui commande de fqch；il est de son devoir de fqch；il a le devoir de fqch（他有责任干某事）；等等。

3. 偶然性绝对同义。某些彼此意义毫不相干，更谈不上同义的动词，当用于引申义而与某一名词组合时，能产生绝对同义词组。<u>triompher d'</u> une difficulté, <u>lever</u> une difficulté, <u>franchir</u> une difficulté, <u>trancher</u> une difficulté, <u>résoudre</u> une difficulté, <u>aplanir</u> une difficulté, 都是faire disparaitre une difficulté（克服困难）的意思。但是这些搭配词的绝对同义性是以其基础词（这里便是difficulté）为条件的，脱离了这一上下文，它们之间便不存在任何同义关系了。

尽管如此，许多搭配词组只是大体同义，其微小的差异却有必要加以辨析。然而同义辨析往往不是三言两语可以办到，何况辨析同义词组是一巨大工程，远非编者力所能及。但既然我们的辞典旨在实用，就有必要对各种搭配词组提供尽可能多的信息，以便使用者正确造句，避免引起错觉，认为既然是同义词组，便可任意变换使用。因此我们力求对同一基础词的同义搭配词组（不是不同的词，如travail、emploi、poste、fonction等均可作"职务""工作"讲），在能够以最简洁的语言予以说明的条件下，尽可能作语义辨析。

具体做法如下：

1. 文体与强度辨析

属于不同使用域（registre）的搭配词，以（litt.）—文学语言、（fam.）—昵语、（Dr.）—法律语言等符号予以标明。以↑和↓分别表示意义强度的强弱。

2. 概念辨析

fait attesté；avéré 经证实的事实（证实者为目击者或出具证明者），fait confirmé 得到肯定、确认的事实（确认者为本人或他人），fait prouvé 经证明的事实（有证据证明）。

3. 语体辨析

首先是把"动作"与"状态"区别开来。如 enfreindre la loi 与 être contraire à la loi 这两个搭配词组意思相同，但前者是动作，故译为"违犯法律"，后者是状态，译为"与法律相悖"。然后辨析动作的不同语体，如：

s'engager dans, prendre, emprunter, enfiler un chemin 走上某条路（始动体 aspect incoatif）

suivre, parcourir un chemin 走某条路（持续体 aspect duratif）

4. 行为关系辨析

现代语言学以 actant（行为参与者）指以积极或消极的方式参与动词所表示的动作过程的人或物。一些同义搭配的区别就在于行为参与者的性质和参与方式有所不同。辨析的办法是注明行为参与者并视需要给予不同的译文。这有三种情形：

a. 意义相同，但行为参与者不同。如（qn/qch）rétablir、restaurer la paix du pays 表示这些搭配词组的主语可以是"某人"或"某事物"，而（pays）recouvrer、retrouver la paix 这两个搭配词组的主语只能是"国家"，虽然这些词组都是"国家恢复和平"之意。

b. 行为参与者不同，词组意义不同。如（qn）apporter des améliorations à qch 是"（某人）改进某事物"，而（qch_1）apporter des améliorations dans qch$_2$是"（甲事物）使乙事物得到改进"。

c．行为参与者相同，参与方式不同，词组意义不同。如s'assurer l'aide de qn意味着第一参与者以积极的方式，经过有意识的努力来参与动作过程，故译为"取得某人的帮助"，而obtenir l'aide de qn则不含有积极努力的意思，译为"得到某人的帮助"。

5．语用辨析

"……语用学处理符号的使用者（说者—听者、作家—读者）与受句法制约、在语义上可以解释的符号序列之间的关系。"（Berkle，H. E.，Sémantique）语用辨析就是考虑与某一词组有关的一切非语言成分。例如pousser qn de genou与faire du genou à qn从意义来说，都是"以膝轻触某人"，但pousser qu du genou是为了向某人示意，提醒某人，而faire du genou à qn则指男女间的调情，上海外语学院编纂的《法汉辞典》对faire du genou à qn没有指出其语用学价值，人们如单纯按释义来运用，势必闹出笑话。entreprendre une affaire与suivre une affaire都是"办一件事，处理一件事"，但是suivre une affaire这一词组如果主语是第二人称（Suivez cett affaire. 或Voudriez-vous suivre cette affaire? ），则只用于上级对下级的场合。本辞典尽量指出某些词组的语用学价值。

当同义搭配词组具有不容忽视的语义差异而又没有标明文体、强度或行为关系者时，则另外单列，并附以不同的译文或必要的补充解释。但是，总的来说，对于同义词组的语义辨析，我们只做了极少量的工作，因此本辞典仍然是一种材料的汇集，让使用者知道有这样一些表达方式，至于细微的区别，还要请读者参考同义词辞典。

正如A. Clas所说的："不免有点不自量力，有点过于大胆，归根结底，有点天真的人才会致力于辞典的编纂工作。"（前引书）这句话颇有道理。编者利用业余时间搜集资料编纂这部《法语搭配词典》已有十余年了。但是工作越进展，越发现需要完善、修改和补充。一部辞典的编纂，即使编者付以毕生的精力，或者有再多的人参与，恐也难有尽善之日。然而这一工作却必须适当告一段落，而不能无限期地拖延下去。

本文对《法语搭配词典》编纂中各种问题进行了探讨，诚望得到各位专家学者的批评指正。

词汇价的理论

词汇价（valence lexicale）亦可译为"词汇替代力"。词的词汇价问题是应用语言学的一个概念，是20世纪60年代中叶提出的一种理论和方法。它与语言学理论，尤其是普通语言学中有关基本词汇的理论和确定，以及与外语教学都有密切关系。

valence lexicale是英语coverag（包括范围）或covering capacity（包括能力）的法语译名。最早提出这一概念的是英国语言学家，日内瓦大学文学博士、国际双语研究中心主任麦凯（W. F. Mackey）。他在《语言教学分析》（London, *Longmans*, 1965）中提出："一个词的包括范围或包括能力，就是人们运用该词所能说出的事物的数目。这种包括范围或包括能力可以通过该词所能代替的其他词的数目测定出来。"五年之后，加拿大魁北克拉瓦尔大学国际双语研究中心的萨瓦尔（Jean-Guy Savard）首先把这一理论应用于法语，提出了测定一个词的词汇价的具体标准，对法语的基本词汇作出定量分析，得出了法语各个常用词的词汇价的数目，从而把麦凯的理论向前推进了一步。

词汇价的理论是对第二次世界大战中和战后风行一时的基础英语、基础法语的理论和方法的重大改进，为此，我们必须对基础英语、基础法语作一番简单介绍；而由于词汇价理论首先运用于分析法语词汇，故我们主要介绍基础法语是如何选择词汇的。

基础英语最初运用于美军中,用来在新占领的地方讲授英语以培训当地人充当美军翻译。基础英语的理论根据就是:每种语言都有它的基本词汇和基本语法,学习一种语言不可能在短期内掌握丰富的词汇和复杂的语法。基础英语就是英语基本词汇和基本语法的速成法,这种方法可以使人们在短时间内掌握英语作为交际工具。基础英语的理论传到法国,法国在战后也产生了基础法语。古根海姆(Gougenhem)、米歇阿(Michéa)、里旺克(Rivenc)和索瓦热奥(Sauvageot)等人所制定的基础法语是以运用频率(fréquence d'emploi)、分布(répartition)、自由支配性(disponibilité)作为选择常用词的标准。他们把人们的口语录下音来作为素材,在搜集到的312 135个词中,运用频率达20次以上的共1063个。但运用频率只能反映出词在所分析的这些素材中的运用情况,而这种频率又随素材是书面语言还是口头语言、素材的内容和长度、搜集的时间和地点而有不同。例如,préciosité(典雅)的运用频率居然跟plaire(令人喜欢)、plein(充分的)、peur(害怕)、fin(结束)等词一样高(78次),然而这préciosité只是在一个材料中反复出现,而其他词却分布于几十个材料中。为弥补这一缺陷,还必须考虑到某个词出现于多少素材之中,这便是分布标准。统计结果,频率29次以上,至少出现于5个不同材料的词共805个,其中253个是语法词。但是这样选择出来的词中,具体名词很少,而动词的比例却异常大,许多指称日常生活必需品的词,如viande(肉)、légume(蔬菜)等却不在内。于是又必须借助于自由支配性这一标准。基础法语的制定者认为,每个说话者都拥有大量的词汇贮藏,这些绝大部分是具体的词,它们并没有固定的使用频率,它们的运用与说话者所处的情景密切联系着；人们根据交际的需要，可随时启用这个贮藏。为了衡量词的自由支配性，于是对人的注意中心（centre d'inférêt）进行一系列测试：请说话者说出自己在一定情景下首先想到的词，然后对测试结果进行比较、分析、归类，以进一步充实基础法语的词汇。最后共得出1384个词。但是这"一定情景"纯粹是测试者主观设想出来的，结果不少词尽管在设想的情况下，被测试者并没有想到，却并不一定就是不常用的词，也不见得在真正说话的场合就一定不会出现于言语之中。因此正像拉加纳（R. Lagaen）在《大拉络氏法语辞典》的导论部分《关于基本词汇的概念》中所说的："这种调查只能得到极其有限的结论。"

随着应用语言学的发展和电子计算机的使用，兴起了一门新的学科——词汇计量学。麦凯、萨瓦尔等人提出了以词汇价，或词汇替代力作为计量基本词汇的标准。

一个词之所以有用，不仅表现为运用频率高、出现次数多，还在于它可以运用于诸多的目的，从而可以替代其他的词。萨瓦尔指出：语言中不可替代的词是很少的，所谓词汇价，就是"一个词可以替代另一个词的这种基本能力"（J.-G.Savard：《La vala nce lexicale》，Librairie Marcel Didier，1970，Paris，p.21）。根据该词所能代替的其他词的数目，便得出该词的词汇价。

一个词在什么情况下，并怎样代替另一个词呢？萨瓦尔提出了测定词汇价的四条标准：

1. 定义能力（puissance de définition）——就是一个词用来定义其他词的能力。例如掌握partie（部分）一词，就可以用它来给许多词下定义，用来指称许多事物，如les parties du corps（人体各部分）、les parties de l'automobile（汽车各部件）等等。一个词能够用来作定义的场合越多，词汇价就越大，也就越常用。当然也要看到，不少常用词如père（父亲）、boeuf（牛）等很少用来给其他词下定义；另外，人们给一个词下定义并不都是解释该词的意思，而是以同义词来代替，因此"定义能力"只是词汇价的标准之一，而不是唯一的标准。

2. 包含能力（puissanc d'inclusion）——指在一系列同义词中，某个词能代替别的同义词的能力。在任何上下文中，某个词能够代替某一个词而不影响意思和不妨碍语言的正确性，则前者包括了后者。例如在regarder（看）、dêvisager（凝视）、fixer（注视）、envisager（观察）这些同义词中，regarder可以代替别的词，而别的词却不能互相代替，这样regarder就包含了其他词，regarder的词汇价也就大于其他词。

3. 组合能力（puissance de combinaison）——指一个词用来组成复合词和固定词组的能力。复合词和固定词组都是由一些十分常用而且为人们熟知的简单词组成的，这些词组合在一起后就可以代替一些比较少用的词，例如掌握了garde-fou（栏杆），就不必再学parapet，而知道garde（看守）和fou（疯子）的人，学会garde-fou也就很容易了。

4. 扩展能力（puissance d'extension）——指一个词具有一音多义或同形异义的能力。一个词的意义越多，运用范围当然越广。

根据这四条标准，萨瓦尔对3628个法语词汇单位分别进行测定。测定的方法就是统计这些词在词典中所表现出来的这四方面的能力。词的定义能力和组合能力根据《基础法语辞典》进行统计，包含能力根据R. Bailly的《同义词词典》和H. Bênac的《同义词词典》，扩展能力则采用《小罗伯尔词典》作为统计的依据，这样得出每个词四个方面的参数，把这四个数字加起来，便是这个词的词汇价，也就是词汇替代力。例如prendre的定义能力为6037，组合能力为6287，包含能力为6166，扩展能力为6287，因此它的词汇价是24777。萨瓦尔对这3000多个词按词汇价的大小顺序排列，清楚地显示出每个词的常用程度。

根据以上介绍，我们看到词汇价问题实质上是语言的经济性问题。人们要求在语言中以最经济的表达方式来产生最大的表达效率，也就是说通过掌握最必要的词来表达各种思想，因此词汇价问题对于外语教学有重要的意义。萨瓦尔认为："一般说来，尤其是在外语方面，宁可正确地使用同样的表达方式，也胜于完全不能表达思想，而这正是词汇价可以使我们做到的。"（同上引书，第21页）

这一点对于低年级外语词汇教学特别有意义。根据词的包含能力，初学者不必在许多同义词中进行选择，只要能够正确运用那个统称词就可以比较容易地表达思想。又如用tête、avoir、mettre三个词就可以构成许多熟语，尽管这些词在各个熟语中已程度不同地失去其原有意义，但毕竟这些都是熟悉的词，只要掌握了熟语的意思，就不必再去学一个比较陌生的词。例如：知道avoir de la têt.作"有见识"讲，就比掌握avoir du gagement更为容易；知道se mettre dans la tête是"设想""深信"之意，就可以代替S'imaginer、se persuader。因此词汇价的理论对我们词汇教学是有指导意义的。

其次，萨瓦尔是根据词典所提供的语言材料来测定词的四方面能力，这就比基础法语制定者所采取的方面更为科学些，因为词典所收录的既有书面语言也有口头语言，而且都是规范的用法，这就比单纯采用口语录音办法收集的素材更全面，而且对词汇的定量分析不带主观成分，而是以得到公认的比较通用的词典为依据，因此得出的数据也就更接近实际，也更实用。

　　词汇价理论对于普通语言学中有关基本词汇问题的研究也会有推动作用。自从斯大林在《马克思主义与语言学问题》中提出"基本词汇"这一概念以来，尽管语言学家对基本词汇的理解还不一致，划分的标准也不相同，但任何语言中都有一部分词运用较广，生命力较强，则是公认的事实。运用词汇价的理论，研究一个语言的词汇，对该语言的基本词汇（有的人称为"常用词"）进行定量分析，把基本词汇与一般词汇区别开来，这在理论上也是有价值的。因为我们讨论基本词汇，并不是每个词孤立地来说，而是把词放在词汇系统中来考察，研究每个词在词汇这个矛盾统一体中所处的地位、所起的作用以及相互的关系，因此对基本词汇的研究和确定就能反过来更进一步揭示词汇系统的矛盾统一的性质。少量基本词汇的稳定性与大量一般词汇的易变性构成了矛盾。运用词汇价理论来研究基本词汇，自然可以进一步推动这一理论问题的深入探讨。

如何辨析法语同义词

同义词的辨析是学习法语的人，尤其是高年级学生的一个十分重要的问题，它有助于加强对词汇的理解和运用，提高欣赏法语作品的能力。本文将就如何辨析同义词谈谈个人粗浅的看法。

法语中的同义词，是指具有不同的语音形式而表示相同的概念但在词汇意义（实指意义和附加意义）或组合关系上彼此有所区别的词和词组。法语中指称同一事物、词义完全相等，也没有文体和感情色彩差别的绝对同义词当然不在本文讨论的范围。

法语中的同义词彼此在实指意义、附加意义或组合关系方面往往有细微的差别。所谓实指意义就是一个词所指称的对象，如regarder是"看"这一动作的统称，lorgner是"斜着眼睛看"，toiser是"带有轻视或挑衅的神情看——打量"，considérer是"仔细地看"，虽然它也有"打量"的意思，但这种"打量"是通过仔细观察来研究对方，mirer或者作"对着光看"，或者指"从镜子或水面上看"，总之这几个词的实指意义都有些不同。所谓附加意义就是词所含有的各种感情色彩（尊卑、雅俗、褒贬、爱憎等等）以及个人联想，这种个人联想是一个词"明确或不明确地在每个使用者个人心目中所能唤起、所能想到、所能引起的一切东西"（马丁内）。如minois、frimousse、museau都可指"脸"，它们除了实指意义上有差别外，附加意义也有不同：使用minois、frimousse时带有爱怜的感情，而museau也属于昵语，但使用时带有开玩笑或鄙夷的意味。词的实指意义和附加意义构成词的词汇意义，区别同义词主要就是辨析它们在词汇意义上的异同。另外，我们还必须注意各个词在组合关系方面的差别，以visage、face、figure三个词来说，它们在实指意义和附加意义上并无不同，区别主要是在组合关系上。当谈到脸的形状、脸色、相貌、表情时，人们可以使用形容词来修饰这三个词，而意义并无不同，如visage、face、figure、rond（e）、pâle、déplaisante（e）、sévère（圆脸、苍白的脸、不讨人喜欢的脸、严肃的面孔），但作为供人辨认的人体这一部分时，必须用visage——Ce visage m'est connu.（这个人我认得），un visage connu（一个熟悉的面孔），而不能用figure、face。但"洗脸"却要说se laver la figure，不能用visage、face。当谈到"打某人的脸"时，我们说frapper quelqu'un au visage或casser la figure à quelqu'un，而不能彼此对换。我们说touner le visage（转过脸来），但如果把visage换成face，则动词要用détourner。法语的changer de visage和changer de face在结构上没有区别，但changer de visage要求以"人"为主语，作"改变脸色"讲，而changer de face要求以非生物的名词为主语，是"改变面貌"的意思。

下面我们根据词义分析深入程度的不同，按从易到难的顺序，把同义词的辨析分为三步。必须说明，实指意义、附加意义和组合关系三者往往是互相联系不能孤立起来的，我们分成三步来说，只是为了便于阐述而已。

一、附加意义的分析

当遇到一组同义词时，可首先看看它们之间在附加意义方面有没有不同。这可从几方面入手：

1. 区别词的高雅和鄙俗的程度。法语词汇有文学用语（langue littéraire，词典中略写为litt.有时注为style élevé"高雅文体"）、常用语（langue courante，词典中略写为cour.或不注明）、昵语（langue familière，略写为fam.）、民间用语（langue populaire，略写为pop.）和粗俗语（langue vulgaire，略写为vulg.）。如"脸"在文学用语用front，常用语用visage、figure、face，昵语用minois、frimousse、museau，民间用语用trombine、trompette、binette，粗俗用语bobine、fiole、bouille。

2. 区别普通词汇和专门词汇。专门词汇指法律用语（词典注为Dr.或jur.jurid.）、文牍用语（注为admin.）、科技词汇（注为Sc.或tech.，如属某一具体学科，词典都有略语注明）。如mort（死亡）在法律、文牍用语中用décès。la cuisson（烧）是普通词汇（la cuisson des briques（烧砖），而技术用语则说la cuite des briques.

3. 区别现用词和新旧词。新词语（词典注为néol.）一般指1950年后出现而被词典收录的词语。如astronef（宇宙飞船，1928年），而cosmonef则是1960年产生的。古词语有两种：一是古词古义，即古法语使用的、今天人们已经不懂或不十分了解，并且根本不用的词和意义，词典注为Vx；一是旧词旧义，即今天虽然人们还懂得其意思，但在现代口语中已不使用的词和意义，词典中注为vieilli，或把它列入classique一栏。如adoucir（缓和、减轻）是现用词，它有两

113

个同义词——dulcifier和mitiger，前者为古词，后者为旧词。

4．区别中性词和具有尊卑、褒贬色彩的词。如brave（勇士）是褒义的，bravade（冒充好汉者）是贬义的。贬义词在词典中注为péj.，中性词和褒义词一般均不注明。

二、实指意义的分析

关于词的附加意义，词典中一般都有注明，故比较容易解决。但不少同义词同属某一语言等级（如都是常用语），或虽属不同等级，但意义仍有区别，这时我们必须进一步分析其实指意义。词的实指意义有的比较容易区别，但更多的情况是一组同义词间，甲词在某一点上与乙词相同，在另一点上相异，或者甲、乙词在某一点上相同而与丙词相异，而在另一点上甲、丙词相同，而与乙词相异，总之错综复杂，不易用几个汉字把彼此词义截然区别开来。下面谈几点看法，并不是说所有同义词的实指意义只有这几种区别。

1．指称具体东西的同义词，实指意义的区别往往在于形状、材料、用途方面的不同。如bâton（棍杖）下属的canne是"手杖"，gourdin是"粗短木棍"，rondin是"粗木棍"，massue是"狼牙棒"，等等。

2．指称动作的词（动词或动名词），可以从这些词的动作对象、动作状况、动作内容等方面来区别。

例如attacher是"系、捆、扎"这种动作的统称，它的一组同义词，由于动作对象和方式的不同而彼此有别：ligoter是"捆住人的手脚"，atteler是把"牲口套在车、犁上"，épingler是"用别针别住"，enchaîner是"用链子系住"，等等。

Contenir、tenir、renfermer、comprendre、comporter、embrasser 这一组同义词的区别在于彼此动作的内容不同。

contenir（容纳）是指实际的容纳：une bassine contient dix litres d'eau（一个大盆装着十升水）。tenir的"容纳"则是指容纳能力，auto qui tient six personnes（可坐六人的汽车）。但是contenir也可用来指"容纳能力"，这时便与tenir成为绝对同义词：une salle qui contient six mille personnes是"可以容纳六千人的大厅"，而不一定实际坐满六千人。

contenir与renfermer都作"包含"讲。当宾语是具体的物时，A contient B是A的本身便"含有"B（Ce minerai contient du métal这种矿石含有金属），或者B装在A之中（une armoire qui contient du linge 装着内衣的衣橱）；A renferme B则是A"装有"B，或B装在A之中（le sous-sol renferme d'abondantes richesses naturelles地下蕴藏着丰富的自然资源）。如果宾语为抽象名词，那么renfermer和contenir用法一样：Ce livre renferme（contient）beaucoup d'erreurs.（这本书有许多错误。）

至于comprendre则是"包括"。A comprend B是A中包含着B，而B是A这个整体中的组成部分。在现代法语中也经常用comporter：Le concours comprend（comporte）trois épreuves（考试包括三个测验），L'appartement comprend（comporte）quatre pièces（这套房子有四间房）。但comporter还可以有抽象名词为宾语，这时A comporte B指B与A并存：Cette solution comporte des inconvénients. （这种解决办法有缺点。）

embrasser虽然也是"包括、包含",但在A embrasse B中,B并非A的组成部分,而是A把B纳入其范围内的意思:recherches qui embrassent un large domaine(研究涉及广阔领域)。

englober(包含、包括)是指把某些人或物聚集在一起成为某件事的对象,如J'englobais dans une même réprobation la magnificence des autels et celle des prêtres.——Loti(我既谴责教堂的富丽堂皇,也谴责教士的豪奢生活)。

3. 指称品质特征的同义词(形容词或名词),意义的区别往往在于具体特点的不同。rapide、prompt、hatif、précipité、vif都有"迅速的"意思,但rapide是指"移动速度快"(train rapide特别快车)或"动作迅速"(être rapide dans son travail干活快),prompt指"不拖延"(être prompt à se décider迅速作出决定、un prompt rétablissement迅速恢复健康),hâtif指"在正常的或预期的时间前发生"(croissance hâtive发育过早、conclusions hâtives仓促的结论),précipité指"节奏过急"(respiation précipitée呼吸急促)或"行动过快"(départ précipité匆匆动身),vif指"动作敏捷,反应灵活"(avoir l'esprit vif头脑灵活、intelligence vive智力敏捷)。

4. 指称抽象概念的同义词往往由于性质的不同而意义有别。例如,danger泛指一切现实存在或可能发生的、可以预料或不可预料的危险,péril指紧急、迫在眉睫而且生命攸关的危险,risque指可能或不可能发生或者虽然可能发生但并非迫在眉睫的危险。

5. 有时一些同义词在实指意义上并没有什么区别,只是表示程度的不同,有轻重强弱之分。例如admirable、magnifique、superbe、splendide、merveilleux等词,在形容天气、景色、健康状况时，都是bon的最高级。又如pâlot（略带苍白色的）、pâle（苍白色的）、blême（灰白色的）、livide（铅色的）、terreux（土色的）这几个同义词在形容人的脸色时，意义的强度依次递增。有的词典对意义较强的词用箭头↑表示。

三、组合关系的分析

在分清了一组同义词的附加意义和实指意义之后，还要进一步了解各个词的组合关系有何不同。词的组合关系有两种：一种是句法组合，如employer后面接一直接宾语，se servir则接一以介词de引导的名词，这种组合关系比较简单；另一种是词汇组合，这往往在语法书、辞典中找不到，必须多看、多听才能逐步积累这方面的知识。还以danger、péril、risque三词为例。我们可以无区别地说（qch.）comporter、présenter des danger、des risques des périls（存在着危险），（qn.）s'exposer à、courir le danger、le risque、le péril（冒险），Il y a du danger、du risque、du péril à f. qch.（干某事有危险），accepter le danger、le risquer、le péril（甘冒危险）。但是法语有aimer le danger、le risque（喜欢冒险），却不能说aimer le péril；可以说refuser le risque（不冒风险），却不能说refuser le danger、le péril；有être en danger、en péril（处于危险之中），mettre qn. en danger、en péril（置某人于危险之中），却没有être en risque、metter qn. en risque。在se heurter à un danger、à un péril、connaître、encourir un danger、un péril（遇险）中，danger、péril都不能用risque来代替。

再以形容词aigu和pointu来说，它们可以无区别地修饰bec（鸟嘴）、toit（屋顶）、bec（toit）aigu、pointu（尖嘴，尖屋顶），但是aigu可以形容cri（喊声）、son（声音）——cri aigu（尖叫声）、son aigu（尖音），却不能说cri pointu、son pointu。反过来voix（声音）却可以用pointu来形容：voix pointue（刺耳的尖嗓门）。aigu可以用于引申义——bronchite aiguë（急性支气管炎）、intelligence aiguë（才智敏捷），而pointu却不能与这些词组合。

现代的结构语义学还采用义素分析法，运用表格列出一组同义词在义素上的共同点与不同点，这作为理论的探讨似颇引人注目，但实用价值不大。首先，对于一些表达具体事物的名词（如各种交通工具、各种座位）由于东西本身特征的不同，虽可列出义素加以区别，但这些词只要译成汉语，意义自明（如"板凳""椅子""靠背椅"等等），用不着去辨析。其次，一些表达抽象概念的词，不易列出义素，即使提出若干个义素，往往也是主观规定的。最后，我们前面说过，同义词的辨析，是十分复杂的工作，往往难以用几个概括性的字眼来明确说明彼此的不同点。因此这种义素分析法对于真正要区别同义词，作用是不大的。

力求准确，兼顾文采
——关于社会科学翻译

第一次全国社会科学翻译经验交流会的召开是翻译界的一大盛事。过去召开的翻译教学或翻译经验交流会以及一些刊物（如《翻译通讯》和高等学校的学报），往往主要介绍文学翻译的经验和技巧，剖析文学作品翻译的得失，根据文学作品的译例讨论翻译的原则，说明翻译的理论，而对社会科学的翻译则很少涉及。其原因可能是多方面的：文学作品影响面广，关心的人也多；而社会科学的译著读者少，也就不引人注目。更重要的是存在一种错误的看法，认为学术著作中语法一般不太复杂，语言缺乏文采，更少各种修辞手段，似乎不像文学翻译那样可以从各个角度探赜索隐，做大块文章。然而至少自1895年严复翻译《天演论》以来，我国社会科学的翻译已有近百年的历史。资产阶级的理论和思想被介绍到中国来，给处于半殖民地半封建的中国人民带来清新的气息，起到了振聋发聩的作用。尤其是马列主义著作的翻译与传播，更促进了中华民族的觉醒，给中国人民指出一条救国的道路，从而使中国的革命在中国共产党领导下经过几十年的奋斗，终于取得了胜利。新中国成立以来，社会科学的翻译不但在数量上大大超过以往，质量上也有很大提高，这对于社会主义革命以及理论建设和经济建设都起了重要作用。

　　这里，就笔者在翻译工作中的体验，略论关于社会科学翻译的一些问题。

　　就内容而言，翻译作品大致可分为文学翻译、社会科学翻译和科技翻译三大类（外文档案资料视内容可分别归于社会科学或科技）。尽管各个翻译理论学派对翻译的性质、过程有着许多不同的表述，但以最浅显的话来说，翻译就是把一种语言的作品中所包含的信息，或者意义，用另一种语言表达出来。这一点对于任何类别的翻译都是共同的。然而这三类翻译由于内容的不同，其作用便有差异，因此在翻译标准方面又各有特殊性。科技翻译纯粹在于帮助人们认识客观物质世界，使人们了解科学技术的某种理论、原理，某一自然现象或者某种制作技术和工艺，故在翻译中，"辞取达意而止，不以富丽为工"。文学翻译主要是要达到美学效果，当然文学作品可以使人们了解社会百态，但这种认识作用是通过美学效果间接得到的。社会科学的翻译则介于两者之间，一方面，它的根本任务在于使人们了解外国某种学说、理论、观点、史实，另一方面它又应当使读者得到某种美的享受。认识社会科学翻译的这种共性和个性，对于掌握和运用翻译原则可能会有所帮助。

　　自从1898年严复提出"信、达、雅"这"译事三难"以来，人们一直讨论着翻译标准（或称原则）的问题，虽然说法不一，但要求译文准确、忠实，则是共同的意见，所以近来"准确、通顺"的提法得到较多人的赞同。社会科学的翻译由于根本的任务在于引进、传播、介绍学术思想，故较之文学翻译来说，对准确性的要求就更高。当然这绝不是说文学翻译可以不求准确，而是说文学翻译准确的自由度可能大一些。文学作品的一句话、一个词语，往往用不同译法而不伤原意（这里只就实指意义dénotation而言，而把附加意义connotation暂时放在一边）。当然其中可能有的更贴切、更传神，但这只是准确的程度、翻译功力大小的差别，而不是正确与错误的问题。例如某书把un pâle voyou译为"不中用的流氓"，其实pâle在这里是连外表也不强壮的意思，而"不中用的流氓"则可以是外表孔武有力，而实际上色厉内荏的，所以不如译为"孱头瘪三"，因为"孱头"就是"软弱无用"的人，而"瘪三"则是"流氓游民，通常极瘦"（《现代汉语小词典》）。不过"不中用的流氓"虽然不够传神，但大致还是不错的。而且文学翻译即使有些地方错译，一般也不会产生严重的社会影响（当然，像姜椿芳、齐香先生指出的某些译者为了译笔流畅，任意窜改原作，对难句删掉不译等等，不在此列）。而社会科学的翻译则要求一句话、一个词都必须准确地译出原意，否则将使人们对某一史实、观点、制度、机构、理论不知所云，产生误解，甚至出现原则性的问题。"各尽所能，按需分配"误译为"各尽所能，各取所需"，便是一个典型的例子。文学作品中的长句，在翻译时通常都是拆成若干短句，使译文符合汉语习惯，通顺流畅，可读性强。在社会科学著作中，作者为了阐述自己的理论、观点，往往以紧凑的语言和冗长的句子来表达一个完整的意思，加之有的观点本身就比较深奥，在这种情况下，如果译者对这门学科确有专深的研究，把握好原文的意思，那么按汉语习惯，拆句翻译，自然是上乘的译笔，否则，不如保留原文的句型，这样一来避免歪曲原意，二来也可让专门研究者去探讨作者的思想。可见，社会科学的翻译首先是要求准确，然后才是通顺，如果两者不可兼得，则以准确为上。

要准确地翻译文学作品是很难的，"一名之立，旬日踟蹰"。但只要译者文学修养高些，语言表达能力强些，词汇丰富些，那么经过反复思考、推敲，总会找到比较适当的词的。然而社会科学门类众多，内容广泛——政治、经济、历史、法律……而译者往往并非这一学科的专家，这样，为了弄清一个词在此处的真正内容，光靠冥思苦索也无济于事，不免需要查找各种词典、阅读有关图书、四处求教，甚至千里投书。从这个意义上来说，社会科学的翻译要做到准确，有时比文学翻译更难。笔者在翻译法国17世纪重农学派经济学家布阿吉尔贝尔的《法国的辩护书》时遇到了pays d'élections、pays d'états、généralité、général、élu、élection等名词。查《法汉词典》，pays d'élections是"（古代法国的）财政区"，généralité是"（1789年前法国的）财政区"，彼此之间有何区别没有说明，其他名词则没有经济学方面的解释。再查Robert、Leixs、Hachette、Larousse，虽然这些词典对其中某些词作了解释，但仍看不出彼此之间的关系，还是无法给以准确的译名。最后对照几部大百科全书，才知道，原来法国在封建时代，在财政和行政上把全国分为pays d'élections和pays d'états两种类型的区。对pays d'élections的达依税和其他直接税，由枢密院分配，国家派员征收。一个pays d'élections下分若干个généralité，由général des finances领导（到17世纪时改称intendant）。在généralité下又分为若干个élection，设委员会具体负责征税事宜，委员会的成员称élu。在élection下面便是paroisse（乡区）了。根据对这些机构的这一了解，于是把pays d'élections译为"财政区"，généralité译为"财政专区"，génétsl译为"财政专员",élection译为"稽征区",élu译为"稽征员"。至于pays d'états之所以译为"省管区",是因为这些地方的捐税是由省三级会议决定和摊派的,最初享有这种待遇的有布列塔尼、勃艮弟、普罗旺斯等12个省。可见,如果不弄清楚这些名称的内容、作用和彼此之间的关系,是根本无法给以定名的。

社会科学翻译的准确性最主要的表现在不能有知识性的错误(语法要理解正确自不待言)。例如la taille,作为历史名词,现有的《法汉词典》的释义都是"人头税",有人在翻译时也照搬不误。但这一译名是错误的。在13—14世纪,法国菲力普四世时代,taille只是在发生战争时才征收的特别税,到了百年战争期间查理七世时才成为固定的常税(1439年),用来维持国王所建立的常备军。taille的征收对象是平民,贵族、僧侣有豁免权,但大城市的平民实际上也不缴纳。taille的征收办法,在北部地区(langue d'oil)按纳税者的收入,称taille persoonelle;在南部地区(langue d'oc)按纳税者的田产,称taille réelle。根据上述内容,可见不应把taille译为"人头税",因为它与真正的"人头税"(capitation)混淆了。有人把它译为"代役税",这如果是译音,倒是比较接近,但却会使人产生误解,因为所谓"代役税",是指农民向封建国家缴纳货币以代替徭役,中国唐代的租庸调制中的"庸"就是一种代役税。现在一般采用译音,译为"达依税"。有人译为"军役税",我认为这一译名还是比较符合这一税收原来的目的的。

有时在同一部书中前后出现的同一个词也不能采用同一译名,在翻译伏尔泰《风俗论》时,对parlement一词就要根据它在不同时代所代表的不同历史事实而译为不同的名称。古日耳曼人实行军事民主制，parlement指部族全体成员都参加的为平分战利品而举行的会议，故可译为"民众大会"。以后parlement的参加者改为军事首领。法兰克人的国家成立后，仍保留这一风俗，每年举行一次，即所谓"三月校场"（champ de Mars）或"五月校场"（champ de Mai），参加者为大领主和贵族。加罗林王朝建立后，吸收主教参加，会议既有议政性质，又起法庭作用，但仍保留"民众大会"之称，只是名存实亡而已。从菲力普四世时代起，parlement成为专门的最高审判机构，故应译为"高等法院"。到了法国大革命后parlement便成为"议会"了。

翻译社会科学著作，我认为除人名、地名外，其他专名最好都译意。《辞海》的"巴力门"词条，是英语parliement的音译，这是历史遗留的译名，现已不用，因为译音不能反映出这一专名的内容。例如拜火教的最高神祇是Mazdah，或称Ahura Mazdah，把它译为"马资达"或"阿胡拉·马资达"是很容易的，但人们无从了解这个名称所代表的意义，Mazdah在波斯语作"智慧"讲，所以不如把它译为"智慧之主"或"全知之主"。波斯古经《真德经》中有Gahanbars一词，它是拜火教徒为庆祝神创造世界的六个阶段（诸天、水、大地、植物、动物和人）而在一年中设立的六个节日，所以不妨把它译为"创世节"。

词义是发展的。要准确地译出一个词的意义，往往要看作品写作的或所叙述的事件的时代。如笛卡儿这句话：Notre siècle me semble aussi fleurissant qu'ait été aucun des précédents.如果译为"在我看来，我们的时代跟以往任何时代一样繁花盛开"那就错了，而要把fleurissant译为"繁荣昌盛"，因为17世纪时，fleurissant和

florissant两个词意义尚未明确分开，只是到以后，fleurissant才作"繁花盛开"讲，而florissant仍保留"繁荣昌盛"的意思。在审校译稿中发现有的错译就是由于译者用词的今义译旧义所造成。19世纪中法战争期间，法国侵略军头目孤拔是我们十分熟悉的。当时法国海军部、法国交趾支那总督发给他的函电中都称呼他"Cher Amiral Courbet"，于是译者便译为"亲爱的孤拔海军上将"。其实孤拔初到东京①时，军阶只是海军准将（contre-amiral），1884年他率领舰队进攻中国前夕，才提升为海军少将（vice-amiral），这从当时法国海军部的命令可得到证明。直至他死于澎湖，连海军中将都不是，怎么会变成海军上将了呢？原来amiral的旧义指率领一支海军舰队的司令官。孤拔1883年任印度支那舰队司令，次年任法国远东舰队司令，所以应当译为"亲爱的孤拔海军司令"才行。

翻译中遇到有关我国的地名、人名及中国特有的事物，更应留心。我国某些地名，法国人往往另有名称，如译者不仔细查对，势必闹出笑话。一份资料谈到中法谅山战役前，双方约定派官员查勘中国和东京的边界时写到中国官员在pa-koi等候法方人员，译者不知道pa-koi就是广西北海，于是发挥想象力，把它译为"北部湾"。一篇译文介绍"中国亚瑟港"设防的情况，这一看便知肯定有错，原来，法语的Port-Arthur指的是旅顺港。还有把Tchéfou（烟台）译为"大沽"，因声音比较接近，而且原文谈到Tchéfou离天津不远。诸如此类，不一而足。外国人的名字一般当然译音，可是过去不少久居中国的外国人往往自己取有汉名，如第一批由路易十四派来中

---

① 指越南北部大部分地区，越南人称之为北圻，意为"北部边境"。

国的耶稣会教士中，Joachim Buvet名白晋，字明远，Louis-Daniel Le Comte名李明，字复初。有的则有通用的译名，如中法战争前法国"沃尔达号"舰长Fournier译为福禄诺，他与李鸿章在天津签订的几条协议，史称《福李简明条款》。中法战争期间法国驻天津领事，后任公使馆督办的Paul Ristelhueber，译名为林椿。如果译者只按《法汉词典》附录的"法语姓名表"来译，人们就不知道指的是何许人也。一篇文章介绍乾隆平定了准噶尔部叛乱后，让一些外国传教士（主要是法国人）在紫光阁绘制一组表现战争胜利的壁画如何传到西方的经过，谈到战役图作者之一卡斯蒂哥里约尼神父。文中该译名后未附原文，人们自然就不清楚他是谁，一查，原来便是郎世宁（Giuseppe Castiglione，1688—1766）。对中国专有事物在翻译时也应采用原来的名称，如la cité interdite不是"禁入的城"，而是"紫禁城"；la poterie trichrome不能译为"三色陶器"，而是"唐三彩"。又如"福州船政局"不应按法语译为"福州造船厂"。

由此可见，社会科学的翻译要做到准确，译者必须有比较广博的知识，但一个人的知识是有限的，而且除一部分专门从事某一方面的翻译（如马列主义编译局）外，许多译者都是接受出版社的约稿，这样翻译的内容自然不会固定于某一学科，这就需要边译边学。就以史书的翻译来说，中世纪西欧各国的历史与宗教有密切关系，一方面是王权与教权互相勾结，互相利用，又尔虞我诈，彼此倾轧，另一方面又有教会内部各个教派，天主教与新教、天主教与穆斯林之争等等，译者如果在翻译前和翻译过程中不阅读一些有关宗教的书，那就根本无法动笔。另一方面，译者还要有严谨的态度，这样才能准确地表达原文的意思。

当然如果认为社会科学的翻译只要能够准确就行而不必注意文采，那也是片面的看法。实际上不少社会科学著作，特别是一些大作家的手笔，同时也是一部文学作品，也会使人得到美学的享受。伏尔泰的《路易十四时代》虽是历史著作，但其文学价值也是公认的。几乎每一本法国文学史都提到这本书。法国历史学家米什莱和文学史家朗松都欣赏《路易十四时代》。"每一章都是一篇明晰畅达和才思充溢的杰作。他（伏尔泰）把许多材料缩写成短小精悍的故事，引人入胜。"（转引自李澍泖：《路易十四时代·中译本序言》）。伏尔泰在《路易十四时代》和《风俗论》中，对黑暗的教会、荒谬的迷信、一切卑劣的行为，或无情鞭挞，或冷嘲热讽，或幽默调侃，文笔犀利，这些在译文中都应尽量表达出来。在这些作品中还有一些优美的诗篇，如坎布雷大主教费内隆在对待寂静主义这个教派问题上同莫城主教博絮埃发生争执遭到失败之后，曾写了一首短诗表达他晚年的心情，既有缅怀又含自嘲，韵律严整，诗句精练，因此我便以格律诗的形式译出："过于聪明年少时，壮志欲穷天下事。禀性今只爱戏谑，不觉昏昏老已至。"在《风俗论》中，伏尔泰谈到意大利诗人佩脱拉克（Petrarque）时，说他的诗篇"既有古代的遒劲，又有近代的清新"，并引了一首诗。这些当然都应精心地译出来。伏尔泰的历史著作，对人物的描绘栩栩如生，在《风俗论》中，他是这样勾勒穆罕默德这个伊斯兰教创始人的：

Il avait une éloquence vive et forte, dépouillé d'art et de méthode, telle qu'il la fallait â des Arabes; un air d'autorité et d'insinuation, animé par les yeux perçants et par une physionomie heureuse; l'intrépaidité d'Alexandre, sa libéralité et la sobrieté dont Aléxandre aurait besoin pour être un grand homme en tout.（他口才敏捷，能言善辩，不讲艺术和方式，这正合一些阿拉伯人的需要；他神态威严，风度迷人，加以目光炯炯，相貌出众，显得英姿焕发；他有着亚历山大的无畏精神和慷慨胸怀，以及亚历山大那种如想成为各方面完美无缺的伟大人物就必须具有的朴实无华。）可见，如果以为社会科学翻译不必讲究文字的优美，甚至鄙薄社会科学翻译，那么至少说明他没有亲身体会过从事学术著作翻译的甘苦。

总之，社会科学翻译应首先力求准确，然后兼顾文采。当然所谓"准确"也只是相对而言。17世纪法国作家拉布吕耶尔在《品格论》中说："在可以表达我们唯一的某种思想之各种不同表达方式中，只有一种是确切的，我们在说话和写作时并不是都能找到这一表达方式。"这句话前半部分断言只有一种表达方式才是确切的，这似乎过于绝对了些，而后半部分则确是事实。既然作家都不一定能找到确切的表达方式，译者就更是如此。但是一个严谨的译者却不能因此而减轻自己的责任，而要力求译文尽量接近原作的意思，否则，便愧对作者，有负读者。以此标准衡量笔者已经脱稿或出版的译著，不免深感内疚，因为其中不少地方还可以精益求精，甚至还有错误有待改正。这篇短文既是笔者肤浅的一得之见，也凝结着笔者在翻译过程中的深刻教训，愿以此就正于翻译界的前辈与同行，共同促进社会科学翻译事业的繁荣与发展。

浅谈翻译的准确性问题

自从1898年严复提出"信、达、雅"这"译事三难"以来，人们一直讨论着翻译标准（或称原则）的问题，虽然说法不一，但要求译文准确、忠实则是共同的意见，所以近来"准确、通顺"的提法得到较多人的赞同。"通顺"二字不会引起争论，但对什么是"准确"，又有不同的解释。根据个人从事翻译和教学实践的体会，我认为所谓准确，就是译文不应有理解、表达和知识性的错误。

正确理解原文是准确翻译的基础。正确理解无非包括语法和语义两方面。语法方面不必赘述，我要谈的主要是理解词义的问题。词往往是多义的，译者必须在各种可能的意义中进行挑选，然后进一步把握用于某一意义的一个词在与其他词搭配时的确切意思。这一点并不容易，因为这种含义单靠辞典往往没有现成的解释，需要译者认真思考。例如伏尔泰在《风俗论》一书中对穆罕默德是这样描绘的：

> Il avait une éloquence vive et forte, dépouillée d'art et de méthode, telle qu'il la fallait à des Arabes ; un air d'autorité et d'insinuation, animé par les yeux perçants et par une physionomie heureuse ; l'intrépidité d'Alexandre, sa libéralité et la sobriété

dont Alexandre aurait besoin pour être un grand homme en tout.

文中forte不是"强壮的",也不能译为"有力的",而应作"擅长的"讲;名词insinuation是"影射",显然说不通,必须把它当作形容词insinuant来看待,而且用于古义;heureuse不是"幸福的",而是"杰出的",une physionomie heureuse不能译为"福相"。抓住这些词的确切含义,再结合它们所搭配的词,我们把这句话译为:

他口才敏捷,能言善辩,不讲艺术和方式,这正合一些阿拉伯人的需要;他神态威严,风度迷人,加以目光炯炯,相貌出众,显得英姿焕发;他有着亚历山大的无畏精神和慷慨胸怀,以及亚历山大那种如想成为各方面完美无缺的伟大人物就必须具有的朴实无华。

有时光从直接的上下文还不能把握一个词语的意思,而必须联系说话时的情景和作品的背景来理解。例如在:

Il est vrai que dans ce volume que je donne **malgré moi**, je laisse toujours voir l'effet que font sur mon esprit les objets que je considère.(诚然,在这卷我违反初衷而付梓的书中,始终都流露出我所考察的事物对我思想的影响。)

中,malgré mio本作"勉强地""无意地"讲,如果把这句话译为"在这卷我勉强加以出版的书中……"句子也通,但"勉强地"可以有各种理解：可以是作者认为书写得还不够理想，但由于某种原因而不可能进一步润色；或者是因为别人恳求，碍于情面而只好同意出版；等等。如果我们了解伏尔泰出版《风俗论》这本书的背景，那就会知道 malgré mio 译为"勉强地"是不准确的，因为伏尔泰写此书的目的是给夏特莱夫人讲历史，并不打算出版。由于他的手稿流传出去后被人假借他的名义私自翻印，而且其中错误百出，他才不得不将此书公之于世。根据这一背景，我们才能够把 malgré moi 译为"违反初衷"。

词除了实指意义（dénotation）外，还有附加意义（connotation）。所谓附加意义就是词的感情色彩，这种色彩有时是一个词所固有的，这比较好办；有时是作者为了达到某种目的而在一定的上下文中赋予的，这就需要译者细心体会。例如 R. 埃斯卡比的小说中有这样一段话：

> L'avant-veille de ma naissanee, l'équipe de la Teste vainquit celle de Gujan en un match de rugby amical. Sur les huit blessés qu'il fallait transporter d'urgence à l'hôpital d'Arcachon, cinq étaient le fait de mon père.

amical（友好的）本是褒义词，fait（行为）是中性字眼，但是一场橄榄球赛居然有八人受伤要送医院抢救（伤势不轻！），可见这完全不是什么"友谊赛"，而是一次全武行；而且既然八名伤员中有五人是小说主人公的父亲打伤的，他父亲显然为球队的胜利立下了汗马功劳，这样，作者在文中便赋予 amical 和 fait 这两个词以幽默调侃的色彩。理解了这一点，我们便可以把这段话译为：

> 在我出生前两天，拉特斯特队在一场橄榄球友谊赛中战胜了吉昂队，有八人受伤必须立即送往阿尔卡雄医院抢救，其中五人是我父亲的杰作。

对原文理解错误是每个译者都会发生的，即使是翻译大师有时也难免，可以说几乎没有一部译作人们不能从中挑出一两个错译的例子，准确理解原文之不易也就可想而知了。

准确性的第二个内容是没有表达的错误，也就是说，要在正确理解原文的基础上用中文恰当地表达出来。翻译是用一种语言的文字形式来表达另一种语言的文字内容，不同语言中虽有一部分指称具体事物的词意义完全相同（如法语的soleil、英语的sun、汉语的"太阳"），但大量的词在甲语言中的含义用乙语言中相应的词往往不能完全确切地表达出来：词在不同语言的词汇系统中有着不同的价值。法语的deux-roues是bicyclett（自行车）、motocyclette（摩托车）、vélomoteur（机器自行车）的统称，指的是两个轮子一前一后的车辆，而中文的"两轮车"的两个轮子却可以是并排的，这两个词的价值并不相同，如果把deux-roues译为"两轮车"，意思便不确切。因此要求"等值"翻译实际上是不可能的，翻译只能做到尽可能表达得恰当而已，也就是傅雷先生所说的，要使译文尽量缩短与原文的距离，"过则求其勿太过，不及则求其勿过于不及"，而我们翻译中的通病就在于表达得或是"太过"，或是"过于不及"，或者两者皆而有之。

在翻译时，往往已经理解了一个词的意义却苦于找不到贴切的字眼来表达，"一名之立，旬日踟蹰"，个中甘苦，凡是从事翻译者都是深有体会的。词不达意是翻译中常见之事。下面是戴高乐1944年的演说中的一句话：

原文：Vieux peuple rompu aux vicissitudes de l'Histoire, ils savaient combien il est cruel de remonter la pente des abîmes.

译文：作为饱经历史变迁的古老民族，他们深知要逾越深渊的峭壁是多么的惨痛。

vicissitude译为"变迁"固然不错，但"变迁"指"情况的变化和转移"，可用于好坏两个方面，而这里实际上指的是不幸的事件，当时法国还处于德国法西斯占领之下，因此用"变迁"不能表达出戴高乐用这个词的深切含义。另外，"逾越"是"超越"，然而，处于深渊的人不是要超越而是要爬上峭壁的，用"逾越"来译remonter与原意不符。最后，cruel译为"惨痛"也不妥当，因此这句话应改译为：

作为饱经历史变故的民族，他们深知要攀登深渊的峭壁是多么艰苦的事情。

形容词的翻译特别困难，如只满足于用汉语中大致差不多的词来迻译，就不能表达出一个词意味上的细腻差别。例如某书中un pâle voyou被译为"不中用的流氓"，这虽然大致不错，但不够准确,因为pâle在这里是连外表也不强壮的意思,而"不中用的流氓"则可以是外表孔武有力,而其实色厉内荏的,不如译为"一个屠头瘪三",因为"屠头"就是指软弱无用的人,而"瘪三"则是流氓游民,通常极瘦;另外un pâle voyou属于俗语词汇,译为"屠头瘪三"在文体上也比较接近些。

要恰当地表达原文的意思,就需要译者中外文都有较深的造诣。汉语词汇十分丰富优美,只要译者有严肃认真的态度,善于从祖国语言宝库中寻找尽可能贴切的词汇来尽量缩短与原文意思的距离,那么还是可以争取做到表达得不"太过"也不"过于不及"的。例如:

Ces inepties sont aujourd'hui méprisées de tous les chrétiens instruits.——Voltaire

译为"今天所有受过教育的基督徒都鄙视这些荒谬的话"虽然不错,但汉语中有更恰当的词语可以传达inetptie和mépriser这两个词的精神,因此我们便把这句话译为:

这些不经之谈,今天所有受过教育的基督徒都嗤之以鼻。——伏尔泰

这样既表达了原文的意思,文字也优美些。

在表达方面,除了词义之外,对不同身份的人所说的语要译出其语气、口吻以使读者想见书中人物的音容笑貌,感受角色的心情

神态，这一点自不待言，译文还应体现出作家的风格。伏尔泰在作品中对黑暗的教会、对荒谬的迷信和一切卑劣行为或无情鞭挞，或辛辣嘲讽，或幽默调侃，文笔犀利，夏多布里昂、拉马丁对景物的描绘富有诗情画意，但带有感伤之情，这些在翻译中都应当得到体现。福楼拜的《包法利夫人》文字优美，用词精确，如果用北京土话（不是普通话！）来翻译，就与原作的韵味不太符合了。有的人认为"这是翻译家的一种笔法，意在传神。只有爱抬杠的读者才去查考可能或不可能"[①]满口京腔。其实这个问题不在于可能不可能，而在于应该不应该这样表达。如果原文的对话用的是法国的土话，那么为了"传神"，是可以也应该用北京土话来翻译的；然而原作用的是典范的法语，却译成北京土话，这就与原作的风格不符了。作者有作者的风格，译者是人不是机器，译文自然会流露出译者的笔调，一些大翻译家也会形成自己的翻译风格；但是译者的风格只能为表达作者的风格服务，而不能喧宾夺主，代替作者的风格，这样才能准确地表达原文的精神。

准确性的第三个内容是没有知识性的错误。有时译文不准确是由于不了解一句话的历史背景或者没有把一个名词所包含的历史内容反映出来。例如：

Les amours de Musset et de George Sang furent orageuses.

被译为：缪塞和乔治·桑的爱情是急风暴雨式的。

---

① 余时：《一个兵和他的老婆》，1982年12月13日《羊城晚报·花地》。

撇开"急风暴雨"不好用来形容爱情这一点不谈，这译文没能反映出缪塞和乔治·桑的恋爱过程。我们知道缪塞和乔治·桑的恋爱经历了热恋、破裂和重温旧好的过程，原文的orageuses生动而形象地描绘了这种动荡波折，因此这句话应当译为：

缪塞和乔治·桑的情史是几经风雨的。

又如la taille，作为历史名词，现有的《法汉词典》都译为"人头税"，这个译名值得商榷。在13—14世纪，法国菲力普四世（1268—1314）时代，tialle只是在发生战争时才征收的特别税，到了百年战争期间查理七世时才成为固定的常税（1439年），用来维持国王所建立的常备军。taille的征收对象是平民，贵族、僧侣有豁免权，但大城市的平民实际上也不缴纳。taille的征收办法，在北部地区（langue d'oil）按纳税者的收入，称taille persounelle；在南部地区（langue d'oc）按纳税者的田产，称taille réelle。根据上述内容，可见把taille译为"人头税"并不确切，它与真正的人头税（capitation）混淆了。有人把taille译为"代役税"，这如果是译音，倒是比较近的，但却会使人产生误解，因为所谓"代役税"，是指农民向封建国家缴纳货币以代替徭役，中国唐代的租庸调制中的"庸"就是一种代役税。现在一般采取译音，译为"达依税"，但这么一来，人们就根本不了解这是一种什么税了。有的人译为"军役税"，我认为这一译名还是比较符合这一税收的内容的。

除了人名、地名外，其他的专名采取译音都不能反映出这个名词的内容，因此最好译意。例如《辞海》有"巴力门"一词，这是法语parlement的音译。《辞海》针对过去史书中出现的这个译名加以解释是完全必要的（虽然解释得不全），但我们今天却不必把parlemeut译为"巴力门"，而要根据parlement一词在不同时代所代表的不同的历史事实译为不同的名称。古日耳曼人实行军事民主制，parlement指部族全体成员都参加的为平分战利品而举行的会议，故可译为"民众大会"。以后parlement的参加者改为军事首领。法兰克人的国家成立后，仍保留这一风俗，每年一次，即所谓"三月校场"（champ de Mars）或"五月校场"（champ de Mai），参加者为大领主和贵族。加罗林王朝建立后，吸收主教参加，会议既有议政性质，又起法庭作用，但仍保留"民众大会"之称，只是名存实亡而已。从菲力普四世时代起，parlement成为专门的最高审判机构，故应译为"高等法院"。到了法国大革命后，parlement便成了"议会"了。又如拜火教的最高神祇是Mazdah，亦称Ahura Mazdah，把它译音为"马资达"或"阿胡拉·马资达"是很容易的，但并不能反映出这个名称所代表的意思。Mazdah在古波斯语作"智慧"讲，所以不如根据意思把它译为"智慧之主"或"全知之主"。波斯古经《真德经》中有Gahanbars一词，把它译为"嘎昂巴尔"，再加上注释，当然未尝不可，但Gahanbars是拜火教徒为庆祝神创造世界的六个阶段（诸天、水、大地、植物、动物和人）而在一年中设立的六个节日，所以不妨把它译为"创世节"。

以上就理解、表达和反映历史事实三方面谈了个人对翻译的准确性问题的一些粗浅看法。当然这个问题所涉及的可能不止这三方面，而且就这三方面来说，所谈的也只是一点皮毛，但明确了这一标准，那么"直译"和"意译"问题也就容易解决了。直译

（不是死译）和意译只是翻译的两种不同手段，任何译文都既有直译的，也有意译的部分，只要能达到译文准确的目的，能够直译的便直译，不能直译的便意译，两者并无优劣之分。Au royaume des aveugles les borgnes sont rois可以意译为"蜀中无大将，廖化作先锋"，也可直译为"盲人国里，独眼称王"，都准确地表达了法国这一谚语的意思，如果一定要分个高低，恐怕直译更好，因为它保留了法语原来的形象。总之，翻译是一门学问，是一种艺术，是一次再创造，一个词的翻译、一个专名的定名、一句话的表达、一个长句的处理，往往需要字斟句酌，反复推敲。译者语言水平的高低、知识的多寡、翻译功力的大小固然十分重要，但译文能否做到准确，关键在于译者的工作态度是否严谨。错译、漏译，以及望文生义（如把chien marin "鲨鱼"译为"海狗"）、张冠李戴（把Odysée《奥德赛》译为《奥赛罗》，法国的Vienne "维埃纳"译为奥地利的Vienen "维也纳"），诸如此类，都是由于粗枝大叶造成的，这一点就不必多说了。

漫谈翻译的学问

漫谈翻译，且先从"翻译"这个词谈起。汉语"翻译"一词，作为名词和动词，可以指"翻译"这一行为和动作，不管是口译还是笔译，作为名词，也可指从事口笔译的人。如果一定要把口译和笔译的人分开，汉语有"译员"和"译者"两个词。汉语还有"翻译工作者"，但这是行政和文牍语言。有趣的是，经历过抗日战争的人遇到"翻译官"一词，会立刻想到它专指当年替日本侵略者当译员的汉奸，贬义是非常明显的；至于"翻译家"一词可适用于口笔译，它是褒义的尊称，专指翻译事业有成就的译者，可在法语或者英语中却找不到与"翻译家"对应的词。反过来，在法语（英语也一样）中，Interprétation（口译）和Traduction（笔译），是严格区分开来的，而从事口笔译的人则分别为Interprète（Interpreter）和Traducteur（Translator），所以汉语说"广州翻译协会"，而加拿大则说Society of Translators and Interpreters of BC（不列颠—哥伦比亚省翻译协会）。"翻译"这个再普通不过的词在不同的语言中这么讲究，生动说明了"翻译"这个文化活动绝不仅仅是两种语言词语简单的对译，而是蕴含着不同民族、不同语言对同一事物不同的态度和心理，是不同风俗、文化、历史在译文中的反映。译事难，一部分就难在这里。因此翻译是一门学问。那么，什么是翻译的学问？那就是构建坚实的功底和锤炼翻译的功力。构筑功底是为翻译创造条件，锤炼功力是为了翻译出既忠实原文又符合汉语表达的富有文采的译文。至于翻译的学问怎么做，这里想谈谈个人的点滴体会和感想，与读者分享，请同行指正。

广闻博识，构建坚实功底

一个译者在从事翻译过程中一定要拥有尽可能多的有关资料和知识，如果暂时没有，就要尽力争取，对于获得的资料，应当以批判的态度对待。这些属于一个译者基本功的问题，基本功扎实，翻译的困难就会减少或者比较容易解决一些。

第一，收集资料，力求丰富。我是20世纪70年代"文化大革命"结束后开始从事翻译工作的。我投书商务印书馆毛遂自荐，不久商务印书馆让我翻译伏尔泰《路易十四时代》有关宗教问题的四章，接着就约我翻译17世纪法国经济学家布阿吉尔贝尔的著作和伏尔泰的《风俗论》，从此我与翻译结下了不解之缘。《风俗论》的副标题为"论各民族的精神与风俗以及自查理曼至路易十三的历史"。这部书上下五千年，纵横五大洲，描述世界各民族的政治、经济、历史、地理、宗教、文化、风俗，涉及诸多人物、律法、习俗、制度，而在当时，我除了对法国有皮毛的了解外，对于世界各国都只有只鳞片爪的知识，要承担这部书的翻译工作，困难很大，不像今天，只要在电脑中搜索一下，就可以找到大量的参考资料。好在"文化大革命"已经结束，皇天不负有心人，居然给我买到了《宗教词典》《圣经词典》这类工具书，并找到了收藏法国《20世纪拉路氏大辞典》的单位，后来商务印书馆历史编辑室李澍泖先生又送我购书卡,我买到新出版的《大不列颠百科全书》,从此条件更加改善。所以工具书力求齐备,是从事翻译的基本条件。但译者不可能拥有所有工具书,更不可能什么都懂,这就必须虚心请教。《风俗论》谈到印度时,出现梵文的词,我就曾写信请教季羡林先生,他一一指教,还为一个词作注解——"梵文中无Shasta一词,疑为Sastra之误",我一直铭感在心。如今斯人已逝,又少了一位大师,呜呼!所以知道翻译什么内容的书需要参考什么样的资料、到哪里能够查阅到工具书,知道某个问题可以请教哪位专家,也是翻译工作者的学问。

第二,积累知识,力求广博。首先是要有一些古文根底。我深感外国的事物翻译起来还比较容易处理,可如果涉及中国历史上的某件事或者中国古书中的某句话,译者必须查出这件事汉语的名称、这句话的原文和出处,否则就无法翻译。比如伏尔泰在《风俗论·导论》中谈到孔子说的一句话,如果不知道这句话出自《论语·述而》"天生德于予,桓魋其如予何",那是无论如何也翻译不出来的。又比如"Être riche et honoré par des moyens iniques, c'est comme le nuage flottant. 不义而富且贵,于我如浮云"(《论语·述而》),也是如此。另外如果译者有古文根底,在需要时可以运用中国的格律诗来翻译法国的诗歌。比如《路易十四时代》介绍坎布雷大主教费内隆在对待寂静主义这个教派问题上,跟莫城主教博絮埃发生争执遭到失败后,写了一首短诗表达他晚年的心情,既有缅怀又含自嘲,韵律严谨,诗句精练,因此我便用中国的七言律诗来翻译:

> 过于聪明年少时,
> 壮志欲穷天下事。
> 禀性今只爱戏谑,
> 不觉昏昏老已至。

中国的某些地名和人名,在过去的法语书中,往往有固定的翻译,在一份关于中法战争的资料中,如果译者知道地名Pa-koi是广西北海,Port-Arthur是旅顺港,Tchéfou是烟台,就不会发挥想象把这些地方译成"北部湾""亚瑟港"和"大沽"了。另外,新鲜事物不断出现,新的名词不断产生,所以掌握的资料要不断更新,知识要不断积累。词典也跟不上语言的发展,缩略语(Siglesetabréviations)就是这样,只要看看今日报章杂志、科技资料中有多少缩略语,就明白随时把新词记录、保存下来的重要性了。知识的积累不求门门精通,但求广博,古今中外,开卷有益,因为积累的知识是一生受用的,我在翻译《路易十四时代》和《风俗论》中所获得的关于波斯帝国和天主教的知识,对我后来翻译孟德斯鸠的《波斯人信札》和拉布吕耶尔的《品格论》都有很大的帮助。

第三,明辨事实,力求准确。这包括对工具书和原著两方面的内容进行分析鉴别。随着参考资料的增多和知识的增长,我发现工具书有时也会有误。比如法国著名的Taille这个税,《法汉词典》定义为"(法国1789年前的)人头税",但根据这个税制的历史变迁、征收对象和征收办法来看,这译名是错误的,它跟真正的人头税(capitation)混为一谈了。有的人把Taille译为"代役税",如果这是译音,还是比较接近的,但在意义上会引起误解,因为所谓"代役",指的是农民向封建国家缴纳货币以代替徭役,中国唐代租庸调制中的"庸"就是一种代役税。基于上述历史事实,我在《布阿吉尔贝尔选集》和《风俗论》的翻译中把它定名为"军役税"。伏尔泰断言孔子编《五经》比巴比伦天文观测记录早400年,我们便在注解中指出这是计算的错误,因为即使《五经》是孔子所编,孔子逝世于公元前479年,但巴比伦的天文观测据说最早始于公元前747年,而现存于美国费城大学的最早的一块刻有天文记录的泥板,属于公元前568年,因此伏尔泰的说法是不确切的,等等。19世纪中法战争期间,法国海军部和法国交趾支那总督在函电中称当时的侵略军头目孤拔为Cher Amiral Courbet,于是有些中文资料把孤拔称为"海军上将孤拔"。事实上孤拔直至死于澎湖,军阶只是海军少将(Vice-amiral),连海军中将都不是,怎么会是"海军上将"呢?原来amiral旧义指率领一支海军舰队的司令官,孤拔1883年任印度支那舰队司令,次年任法国远东舰队司令,由此应该称孤拔为"孤拔海军司令"才对。由此我体会到"尽信书不如无书"的道理,在翻译过程中对积累的资料必须以批判的眼光来鉴别,否则容易出错。

精雕细刻,锤炼翻译的功力

"收集资料""积累知识""明辨事实"这三点,是翻译工作的功底和条件,其最终目的就是奉献出译文忠实,译笔流畅,译意贴切的作品,这就看出译者的翻译功力。而锤炼功力,可以从如下几方面着手：

第一，深刻把握原文，力求译文准确。这是翻译的最起码要求，下面是戴高乐1944年的演说中的一段话：

原文：Vieux peuple rompu aux vicissitudes de l'Histoire, ils savaient combien il est cruel de remonter la pente des abîmes.

译文：作为饱经历史变迁的古老民族，他们深知要逾越深渊的峭壁是多么的惨痛。

vicissitude译为"变迁"固然不错，但"变迁"指"情况的变化和转移"，可用于好坏两个方面，而这里实际上指的是不幸的事件，当时法国还处在德国法西斯占领之下，因此用"变迁"不足以表达戴高乐用这个词的深切含义。另外，"逾越"是"超越"，然而身处深渊的人不是要超越而是要爬上峭壁的，用"逾越"来翻译remonter，与原意不符，而且把cruel译为"惨痛"也不妥当，因此这句话应当改译为：

作为饱经历史变故的民族，他们深知要攀登深渊的峭壁是多么艰苦的事情。

有时光从直接的上下文还不能把握一个词语的意思，而必须联系说话时的情景和作品的背景来理解。如在：

Il est vrai que dans ce volume que je donne **malgré moi**, je laisse toujours voir l'effet que font sur mon esprit les objets que je considère.（诚然，在这卷我违反初衷而付梓的书中，始终都流露出我所考察的事物对我思想的影响。）

中，malgré moi本作"勉强地""无意地"讲，如果把这句话译为"在这卷我勉强加以出版的书中……"句子也通，但"勉强地"可以有各种理解：可以是作者认为书写得还不够理想，但由于某种原因不可能进一步润色；或者因别人恳求，碍于情面而只好同意出版；等等。如果我们了解伏尔泰出版《风俗论》这本书的背景，就知道malgré moi译为"勉强地"是不准确的，因为伏尔泰写《风俗论》的目的是给夏特莱夫人讲历史，并不打算出版，但由于他的手稿流传出去后被人假借他的名义私自翻印，而且其中错误百出，他才不得不将此书公之于世。根据这一背景，我们才能够把malgré moi译为"违反初衷"。

第二，深刻挖掘词义，积极想象引申。理解词的本义应该说还是比较好办的，翻译中的难点往往在于需要从本义中积极大胆地挖掘出引申意义，再寻找恰当的汉语词语表达出来。请看如下一句话：

Une sensibilisation continue devra être assurée pour le respect de ces mesures. 应不断宣传以执行这些措施。

Sensibilisation（敏感性）怎么译成"宣传"呢？汉语"宣传"是"向群众说明、讲解，使群众相信并跟着行动"的意思，法语对应的词是Propagande（Département de propagande"宣传部"）。但

"宣传"这个词在汉语中又经常应用于非政治的场合，而具有"引起注意"的意思，而Sensibilisation也从本义的"敏感性"逐步引申为"引起反应"——"引起关注"直至最后译成"宣传"了。

再比如Un pâle voyou。Voyou是"流氓"，pâle是"苍白的"，译为"苍白的流氓"显然不通，于是从pâle"苍白的"引申为"外表不强壮的"再转为"无用的""蹩脚的"，这时涌现出汉语俗语"孱头瘪三"，因为"孱头"是"形容软弱无用的人"，而"瘪三"是"流氓游民，通常极瘦"，用孱头瘪三来翻译pâle voyou还是比较贴切的，而且两个词组在各自语言中都是俗语，比较接近。

同一个词在同一作品的不同上下文中具有不同的引申义，应当给予不同的译文。比如在孟德斯鸠的《波斯人信札》中，多处出现Nature一词，我们不能千篇一律地把它译为"自然"。下面第一个例子：

La Nature semblait avoir mis les femmes dans la dépendance.（Lettre XXII）造化之手曾把妇女置于从属地位。（第22封信）

Nature译为"造化之手"。第二个例子：

（Dans cette servitude du cœur et de l'esprit, on entend parler que la crainte, qui n'a qu'un langage,）et non pas la nature, qui s'expriment si différemment, et qui parait sous tant de formes.（Lettre LXIII）（在心灵受压抑和思想受束缚的情况下，我们

听到人们谈的只是恐惧而不是人性；表达恐惧的语言只有一种）而表达人性的方式千差万别，而且人性是以多种多样的形式表现出来。（第63封信）

中，Nature译为"人性"。在其他地方我们分别把Nature译为"自然""天生之物""天意"等，就不一一列举了。

第三，摆脱原文约束，大胆汉语表达，做到"心中有法文，笔下无法文"。这些说来容易，做到实在困难，其中艰辛甘苦，从事翻译的人一定都深有体会。

请看伏尔泰在《风俗论》中对伊斯兰教的创始人穆罕默德形象的这段描绘：

> Il avait une éloquence vive et forte, dépouillée d'art et de méthode, telle qu'il la fallait des Arabes; un air d'autorité et d'insinuation, animé par les yeux perçants et par une physionomie heureuse; l'intrépidité d'Alexandre, sa libéralité et la sobriété dont Alexandre aurait besoin pour un grand homme en tout.

这里forte不是"强壮的"，也不能译为"有力的"，而应作"擅长的"讲；名词insinuation是"隐射"，在这里显然说不通，而要把它作为形容词insinuant来看待，而且用于古义；heureuse不是"幸福的"而是作"杰出的"讲，une physionomie heureuse不能译为"福相"。抓住这些词的确切含义，再结合它们所搭配的词，我们把这句话译为：

> 他口才敏捷，能言善辩，不讲艺术和方式，这正合一些阿拉伯人的需要；他神态威严，风度迷人，加以目光炯炯，相貌出众，显得英姿焕发；他有着亚历山大的无畏精神和慷慨胸怀，以及亚历山大那种如想成为各方面完美无缺的伟大人物就必须具有的朴实无华。

再看下面两个例子：

> Ces inepties sont aujourd'hui méprisées de tous les chrétiens instruits（Voltaire）.（原译文）今天所有受过教育的基督徒都鄙视这些荒谬的话。（伏尔泰）
>
> Vous combattez gracieusement avec elles de charme, de douceur et d'enjouement.（Lettre ⅩⅩⅥ）（旧译本）你用姿色、温柔与愉悦的心情，和她们作富有风韵的战斗。（《波斯人信札》第26封信）

这两句译文不足之处就在于译者在词语上拘泥于法汉词典的释义和法语的句法，文笔显得生硬，第一句话中"鄙视这些荒谬的话"不符合汉语的搭配，句子可以改为："这些不经之谈，今天所有受过教育的基督徒都嗤之以鼻。"至于第二句话在我的译本中则改为："你以优雅的风度跟她们比姿色，比柔情，比活泼可爱。"

深刻把握原文，力求译文准确；深刻挖掘词义，积极想象引申；摆脱原文约束，大胆用汉语表达。这三点虽然分别叙述，但其实是密切结合在一起的，译者在翻译时必须同时从这三方面努力。我们在前面谈到译者掌握知识要力求广博而不一定专深，这是指一般的知识，至于法语和汉语，自然越精通越好，只有这样，译者在翻译时才具有必要的学养以判断自己对原文的理解是否正确，才有足够的胆量使用看起来似乎与法语原文意思相去甚远的汉语表达方式。比如ces petits talents译为"这些小本领"不算错，但改译为"这些雕虫小技"就显得更加符合中文而且也更具有感情色彩。又比如Il serait nécessaire de recruter une dizaine d'agents de compétences avérées et variées译为"可能需要招聘十来个有真才实学和各具专长的人员"，用"真才实学"翻译compétences avérées、用"各具专长"来翻译compétences variées都是大胆而地道的翻译。总之，构建坚实的功底和锤炼卓绝的功力是每个译者努力的方向，没有人能够尽善尽美，每个人都需要持之以恒的努力、艰辛刻苦的锤炼，活到老，学到老。

美文精译传世作

——雨果《致巴特勒上尉的信》译文商榷[①]

1860年10月英法联军掠夺并焚烧了圆明园。这时,法国一代文豪、伟大的诗人雨果因为反对拿破仑三世正流亡在异国他乡,蛰居于英国属地根西岛。在"打着维多利亚女王和拿破仑皇帝双重旗号"(225)的窃贼和强盗破坏了圆明园这个"世界奇迹",毁灭了这个"几乎是超人民族的想象力所能产生的成就"(225),把掠夺的"战利品"带回欧洲时,雨果抱着对中华文明的景仰、对中国人民的同情,对自称为"文明人"而实际上是野蛮人的战胜者的鄙视,拍案而起,以回答伪托的收信人征求意见的书信形式,写了《致巴特勒上尉的信》。雨果在这篇短文中满腔热情地描述犹如月宫的琼楼玉宇的圆明园,赞扬堪与欧洲艺术相媲美的以圆明园为代表的东方艺术,斥责这两个窃贼把欧洲"所有大教堂的所有珍宝加在一起,也抵不上东方这座了不起的富丽堂皇的博物馆"(226)盗窃一空,抗议这两个强盗焚毁了这座"花费几代人的劳动"为"各国人民"而创造的圆明园。他传达了法国人民对中国人民的友谊,

---

① 本文所有引语均出自程曾厚:《雨果和圆明园》,中华书局,2010年10月。注后的数字为该书的页码。

他指出"治人者的罪行不是治于人者的过错，政府有时会是强盗，而人民永远不会"（226）。最后他"希望有朝一日，解放了的干干净净的法兰西会把这份赃物归还给被掠夺的中国"（227）。总之，《致巴特勒上尉的信》是一首歌颂文明的诗篇、一张声讨野蛮的檄文、一篇永载中法人民友谊的文章。我们永远感谢在具有五千年悠久文明历史的中国被凌辱、被掠夺的时候，远在偏僻的小岛的文豪对中国人民的同情和支持。

第一个把雨果的《致巴特勒上尉的信》从法文译成中文的是程曾厚先生。1984年2月26日雨果诞辰182周年，《人民日报》以《文明与野蛮——雨果谴责英法联军焚毁圆明园的一封信》为题发表了程曾厚的译文，并加了编者按。这篇译文的意义在于：一、它使中国人民认识雨果这个具有强烈的正义感，对弱势人群具有浓厚的同情心的人，以雨果为代表的法国人是我们的朋友；二、《致巴特勒上尉的信》译成汉语对于在中国进一步深入研究雨果、研究法国文学、研究中法文化交通史具有重大的实际意义；三、《致巴特勒上尉的信》是一篇进行爱国主义教育的读物。当前有些人，特别是年轻人，已经不知道中华民族曾经遭受的苦难，或者忧患之心已经淡漠。请读读这篇文章吧！雨果是一个法国人，他从没有到过中国，但是他对中国充满感情，当我们屈辱无助的时候，雨果是当时西方世界唯一站起来仗义执言的人。听到雨果《致巴特勒上尉的信》中掷地有声的话语，哪个中国人不会爱国之情沸腾的同时对支持我们正义事业的外国人充满感激之情？当然，我们的爱国主义教育不是宣扬仇视、鼓吹仇恨，而是让年轻人了解中华民族曾经遭受的苦难和凌辱,从而更加珍惜来之不易的今天,胼手胝足,共同创造和谐的未来。

程曾厚的翻译态度严谨,他为《致巴特勒上尉的信》的翻译所付出的劳动之大特别可以从其《雨果和圆明园》的附录三《〈致巴特勒上尉的信〉释读》中看出来。他在《释读》中对雨果这篇文章中出现的每个词语,每个人物、事件、场所、物件等都作了详尽、翔实的解释、考证、辨析,说明为什么这样翻译或者采取另一种译法更好。ibis一词,原译为"朱鹭",后来又几番推敲,查阅许多字典,最终改为"朱鹮";译者把caverne(洞穴)译为"洞府",一字之差,借用了道教带有神话色彩的词汇来传达雨果用词的意境。不少句子的翻译可以看出译者的功力,例如:…chef-d'oeuvre inconu entrevu au loin dans on ne sait quel crépuscule…(218)(……不为人知的杰作,在不可名状的晨曦中依稀可见……)(226)这句翻译得令人叹绝。有的句子,诸如Grand exploit, bonne aubaine. …et l'on est revenu en Europe, bras dessus, bras dessous, en riant.(219)丰功伟绩,收获巨大。……他们手挽手,笑嘻嘻地回到欧洲。(226)等等,忠实地表达出雨果讽刺和调侃的语气。

总之,雨果《致巴特勒上尉的信》这篇美文和程曾厚精确流畅的译本,两者相得益彰,注定将成为传世之作,而且事实上已经成为初中教材的课文。译者在《雨果和圆明园》一书中,在谈到《致巴特勒上尉的信》时,希望读者对他以塞巴谢和罗萨版文本为依据,参考雨果手迹和马森版的文本所提出的新的译文提出意见,这种虚怀若谷的精神令我钦佩。本着对雨果的敬仰、对程曾厚成就的尊重和对青少年学生的负责态度,下面对译文吹毛求疵,就我自以为可以改进润色之处，提出管窥之见，与译者和读者商榷。意见分两部分，按原文中出现的先后排列：

一、译文似乎需要改进，以便表达得更加精确

1. ［原文］...et vous êtes assez bon pour attacher quelque prix à mon sentiment；...（217）

［译文］多谢你对我的想法予以重视；……（225）

这句话给人的印象是"想法"已经提出来而且受到重视，而且原文中quelque的意思没有表达出来。quelque这个单数的泛指形容词十分重要，它有"一点""些微""几许"的意思，总之是弱化了所修饰的名词prix，如果没有quelque，attacher du prix à qn ou qch的确是"重视某人或某事"的意思，可是有了quelque，"重视"的分量就减弱了。窃以为把attacher quelque prix译为"还在意"可能好些，因为"在意"的分量比"重视"轻，而且"还"字在汉语中有"居然"的意思。

［建议译文］承蒙你还在意我的看法。

这样，这句话就跟一开头Vous me demander mon avis, monsieur, sur l'expétiton de Chine（先生，你征求我对远征中国的意见）呼应起来，而且还带有调侃的口吻。

2. ［原文］Imaginez on ne sait quelle construction inexprimable, quelque chose comme un édifice lunaire, et vous aurez le Palais d'Eté.（218）

［译文］请想象一下，有言语无法形容的建筑物，有某种月宫的建筑物，这就是圆明园。（225）

"某种月宫的建筑物"，费解。原文用construction和édifice两个

不同的词，译文重复使用"建筑物"也不好。苏东坡有"又恐琼楼玉宇，高处不胜寒"的诗句，"琼楼玉宇"常用来指月中宫殿、仙界楼台，此地不妨借用。

［建议译文］你如果要想象一个言语无法形容的建筑物，一座犹如月宫的琼楼玉宇，那你就看看圆明园吧！

3.［原文］...supposez en un mot une sorte d'éblouissante caverne de la fantaisie humaine, ayant une figure de temple et de palais, c'était làce monument.（218）

［译文］总而言之，请假设有某种人类异想天开产生的令人眼花缭乱的洞府，而其外观是神庙，是宫殿，这就是这座园林。（225）

Fantaisie是可以译为"异想天开"，但"异想天开"指"想法非常奇怪"，而通常用于贬义，程译本借用中国带有神话色彩的"洞府"来翻译caverne"希望多少能传达雨果用词的意境"，用词很好，但道教还有"洞天福地"的说法，同样指"神仙居住的地方"而且有"十大洞天""三十六小洞天"和"七十二福地"的说法，这种"洞府中别有天地"的意思似乎更能够显示出圆明园迷人的仙景。另外une sorte de除了"某种"的意思外，还可以作"某种类似……的东西"讲，因此：

［建议译文］总而言之，假设有由于人类的奇思妙想而产生的既似神庙又如宫殿、令人眼花缭乱的洞天福地，那就是这座园林。

4.［原文］L'un des deux vainqueurs a empli ses poches, ce que voyant, l'autre a empli ses coffres; et l'on est revenu en Europe, bras dessus, bras dessous, en riant.（219）

［译文］两个胜利者，一个塞满口袋，另一个接着装满箱筐；

他们手挽手，笑嘻嘻地回到欧洲。（226）

古典法语的ce que voyant等于现代法语的en voyant cela（直译："看到这一切"），译者认为整句可以理解为"另一个见此情景便装满箱筐"（243），但译者处理为"另一个接着装满箱筐"。窃以为用"接着"来翻译ce que voyant似乎不妥，建议用"照样也"，因为"一个塞满口袋"和"另一个装满箱筐"之间不存在时间先后的关系，既然译者也认为整句可以理解为"另一个见此情景便装满箱筐"，那么用"另一个照样也装满箱筐"便赋予这两个强盗"一丘之貉"的形象，也更符合雨果文章的讽刺意味。

［建议译文］两个胜利者，一个塞满口袋，另一个照样也装满箱筐；他们手挽手，笑嘻嘻地回到欧洲。

5.［原文］...et il étale aujourd'hui, avec une sorte de naiveté de propriétaire, le splendide bric-à-brac du Palais d'Eté.（220）

［译文］……今天，帝国居然天真到以物主自居，把圆明园富丽堂皇的破烂陈列出来。（226）

bric-à-brac 译为"破烂"似可商榷，而且"富丽堂皇的破烂"这句话也费解。圆明园的古物怎么会是"破烂"呢？按：bric-à-brac，Robert词典的解释是 Amas de vieux objets hétéroclites而hétéroclites则是se dit d'une oeuvre faite de parties appartenant à des styles ou à des genres différents，因此bric-à-brac的意思直译是"一堆由不同风格或不同种类的部分组成的旧物品"。

［建议译文］……今天，帝国居然天真到以物主自居，把圆明园五花八门、富丽堂皇的古物陈列出来。

6.［原文］En attendant, il y a un vol et deux voleurs, je le

constate.（220）

［译文］现在，发生一次偷窃，有两名窃贼。我予以证实。（227）

En attendant 是"在此期间""在这之前"的意思，译为"现在"似不妥，尤其是后面这段话是接着雨果前面一句话而来的。En attendant起着承前启后的作用。雨果前面那句话是："我希望有朝一日，解放了的干干净净的法兰西会把这份赃物归还给被掠夺的中国。"另外constater的"证实"是"亲眼看到"的证实，原译文"现在，发生一次偷窃，有两名窃贼。我予以证实"似乎不大符合中文证词的行文。

［建议译文］在这一天到来之前，我看到的是：发生一次窃案，窃贼两名。

二、可以进一步润色，使得文笔更加优美

1. ［原文］...selon vous l'expédition de Chine...est une gloire à partager entre la France et l'Angleterre, ...（217）

［译文］……在你看来，……对中国的远征，是由法国和英国分享的光荣，……（225）原文是à partager而非partagée。

［建议译文］在你看来，……对中国远征的光荣应由法国和英国来分享，……

2. ［原文］Ce n'était pas, comme le Parthénon, une oeuvre une et unique d'énorme modèle de la chimère, si la chimère peut avoir un modèle.（218）

［译文］这不是一件罕见的、独一无二的作品，如同巴特农神庙那样，这是幻想的某种规模巨大的典范，如果幻想能有典范的

话。（225）

"这不是一件罕见的、独一无二的作品，如同巴特农神庙那样"的行文有点欧化，而"规模巨大"通常用来形容具有一定体积的物体，具有相当广度，有许多的人参与的事件，用来修饰"典范"似不妥。

［建议译文］这不像巴特农神庙那样是一件罕见的、独一无二的作品，这是幻想的某种恢宏的典范，如果幻想能有典范的话。

3. ［原文］Batissez un songe avec du marbre, du jade, du bronze, de la porcelaine, charpentez-le, en bois de cèdre, couvrez-le de pierreries, drapez-le de soie, faites-le ici sanctuaire, là harem, là citadelle, mettez-y des dieux, mettez-y des monstres, vernissez-le, émaillez-le, dorez-le, fardez-le, faites construire par des architectes qui soient des poètes les mille et un rêve des mille et une nuits ...（218）

［译文］请用大理石，用美玉，用青铜和瓷器，建造一个梦，请用雪松做成屋架，上下铺满宝石，披上绸缎，这儿建楼宇，那儿造后宫，盖城楼，里面放上神像，放上异兽，饰以琉璃，饰以珐琅，饰以黄金，施以脂粉，请又是诗人的建筑师建造一千零一夜的一千零一个梦……（225）

这段话原文非常美，句子大多采用动宾结构，铿锵有力，中文译者也力图用排比的叠句传达原文的韵味。我认为songe这个词非常重要，应该具象化，译为"梦幻之宫"，这一方面可以跟雨果文中大写的Chimère（幻想）一词，跟文章所勾勒的人间仙境圆明园相呼应，另一方面可以作为一连串le的指称，从而使后面的一切描述有所依托；至于后面的rêve译为完全虚的"梦"也不好，可以译为亦幻亦虚的"梦境"。marbre译为"大理石"当然不错，但汉白玉也就是一种大理石，所以译为"汉白玉"似乎更符合中国的建筑要求。drapez-le de soie译为"披上绸缎"似乎尚未完全表达draper的意思，因为draper qch de soie固然可以指用绸缎盖住某物件，也可以指悬挂丝幔纱帘，而且枫丹白露的中国陈列馆里就有丝幔展出。另外，动词如果能够一以贯之用"饰以"当然最好，可是不能，那么索性使用不同动词，一式的动宾结构，一式的四字词组，句子同样洗练，同样能够起到排比的修辞效果。另外"脂粉"是女人用的胭脂和粉，不好用来装饰宫殿。最后，"请又是诗人的建筑师"的"是"，原文用的是虚拟式，似乎不能理解为既是建筑师又是诗人。

[建议译文] 请用汉白玉，用美玉，用青铜，用瓷器，建造一座梦幻之宫，以雪松为屋架，覆盖宝石，披绸挂幔，这儿建楼宇，那儿造后宫，盖城楼，里面供放神像，放置异兽，铺砌琉璃，涂饰珐琅，装裹黄金，薄施粉彩，请具有诗人气质的建筑师建造一千零一夜的一千零一个梦境……

4. [原文] Il avait fallu, pour le créer, le lent travail de deux générations.（218）

[译文] 为了创造圆明园，曾花费两代人的漫长劳动。（225）

译者在《释读》中解释其译文是根据雨果1875年审校的清样，亦即塞巴谢和罗萨版的文本，但译者同时指出圆明园由康熙（1707年）兴建，1772年雍正即位后大规模建设，乾隆年间以空前规模扩建，后经嘉庆、道光、咸丰各朝，历代都有续建，所以他也认为译为"一代一代人的漫长劳动"更有道理，更接近事实（234）。既然不好改动，那么建议在文章后加注说明，特别在中学课本中更应如此，免得以讹传讹。

5. ［原文］C'était une sorte d'effrayant chef d'œuvre inconnu ...（218）

［译文］这曾是某种令人惊骇的不为人知的杰作……（237）

effrayant的确是"令人惊骇的"意思，但"令人惊骇的……杰作"这个搭配比较少见，我们不妨采用这个词的extraordinaire（异乎寻常）的意思。

［建议译文］这曾是某种令人叹为观止的不为人知的杰作，……

6. ［原文］Une dévastation en grand du Palais d'Eté s'est faite de compte à demi entre les deux vainqueurs.（219）

［译文］对圆明园进行了规模巨大的劫掠，由两个战胜者分享。（226）

"规模巨大"形容的应是事物，也就是一个名词，而"劫掠"在这里是动作，是动词。

［建议译文］对圆明园进行了大规模的劫掠，由两个战胜者分享。

7. ［原文］Nous Européen, nous sommes les civilisés, et pour nous les Chinois sont les barbares.（219）

［译文］中国人对我们是野蛮人。（226）

［建议译文］而在我们看来，中国人是野蛮人。

2011年春节于中山大学康乐园